안토니오 타부키는 1943년 9월 24일 이탈리아 피사에서 태어나,
포르투갈 시인 페르난두 페소아의 영향을 받아 포르투갈어와 문학을
공부했다. 베를루스코니 정부를 향해 거침없는 발언을 했던 유럽의
지성인이자 노벨상 후보로 거론되던 걸출한 작가이면서 페소아의
중요성을 전 세계에 알린 번역자이자 명망 있는 연구자 중 한 사람이다.
『이탈리아 광장』(1975)으로 문단에 데뷔해 『인도 야상곡』(1984)
으로 메디치 상을 수상했다. 정체불명의 시원을 추적하는 소설 『수평선
자락』(1986)에서는 면모를, 페소아에 관한
... 르투갈 리스본과 그의
죽... 두 페소아의 마지막
사... 자이자 창작자의
면... 여정을 쫓는 픽션 『인도
야... 舍』(1992)에서는 초현실주의적 서정을 펼치는 명징한
문체미학자의 면모를, 평범한 한 인간의 혁명적 전환을 이야기하는
『페레이라가 주장하다』(1994)와 미제의 단두 살인사건 실화를
바탕으로 쓴 『다마세누 몬테이루의 잃어버린 머리』(1997)에서는
실존적 사회역사가의 면모를, 움베르토 에코의 지식이론에 맞불을
놓은 『플라톤의 위염』(1998)과 피렌체의 루마니아 집시를 통해 이민자
수용 문제를 전면적으로 건드린 『집시와 르네상스』(1999)에서는
저널리스트이자 실천적 지성인의 면모를 살필 수 있다. 20여 작품들이
40개국 언어로 번역되었고, 주요 작품들이 알랭 타네, 알랭 코르노
등의 감독에 의해 영화화되었으며, 수많은 상을 휩쓸며 세계적인 작가로
주목받았다. 국제작가협회 창설 멤버 중 한 사람으로 활동했으며,
시에나 대학에서 포르투갈어와 문학을 가르쳤다. 2012년 3월 25일
예순여덟의 나이로 두번째 고향 포르투갈 리스본에서 암 투병중 눈을
감아, 고국 이탈리아에 묻혔다.

수평선 자락

인문 서가에 꽂힌 작가들

안토니오 타부키 선집 3
박상진 옮김

수평선 자락

문학동네

Il filo dell'orizzonte
by Antonio Tabucchi

Copyright © Antonio Tabucchi, 1986
Korean translation copyright © MUNHAKDONGNE Publishing Corp., 2013
All rights reserved.

Korean translation rights
by arrangement with
The Wylie Agency (UK) LTD
through Milkwood Agency.

이 책의 한국어판 저작권은
밀크우드 에이전시를 통해
The Wylie Agency(UK)와 독점 계약한
(주)문학동네에 있습니다.
저작권법에 의해 한국 내에서
보호를 받는 저작물이므로
무단 전재와 무단 복제를 금합니다.

안토니오 타부키 선집을 펴내며

박상진

부산외국어대학교 이탈리아어과 교수

이탈리아 작가 안토니오 타부키Antonio Tabucchi(1943~2012)
는 현대 작가들 중에서 단연 독특한 위치에 있다. 그의 창작
법과 주제는 남다르다. 그의 글을 읽으면 우선 서술기법의 특
이함에 매료된다. 그의 글에서는 대화를 따옴표로 묶어 돌출
시키지 않고 문장 안에 섞는 경우가 많다. 그러나 잘 들린다.
물속에서 듣는 느낌, 옛날이야기를 듣는 느낌, 그러나 말의
날이 도사리고 있는 느낌이다. 그렇게 인물의 목소리는 화자
의 서술 속으로 녹아들면서 내면 의식의 흐름으로 변환된다.
그러면서 그 내면 의식이 인물의 것인지 화자의 것인지 잘 구
분되지 않는다. 마치 라이프니츠의 단자처럼, 외부가 없이 단
일하면서 다양한 존재 방식으로 세계를 이해하려는 듯 보인
다. 독자가 이러한 창작 방식을 장편으로 견디기는 쉽지 않다.
그래서인지 그의 글들은 대부분 짧다.

　타부키는 콘래드, 헨리 제임스, 보르헤스, 마르케스, 피란
델로, 페소아와 같은 작가들의 영향을 받았다. 특히 피란델로
와 페소아처럼 그의 인물들은 다중인격의 소유자로 나타나
며, 그들이 받치는 텍스트는 수수께끼와 모호성의 꿈같은 분
위기 속에서 자유연상의 메시지를 실어나른다. 또 지적인 탐
사를 통해 이국적 장소를 여행하거나 정신적 이동을 하면서

단명短命한 현실을 창조한다. 이 단명한 현실은 부서진 꿈의 파편처럼, 조각난 거울 이미지처럼, 혹은 끊어진 필름의 잔영처럼 총체성을 불허하는 '지금 여기'의 현실을 반영한다. 텍스트 바깥에서든 안에서든 그는 머물지 않는다.

움베르토 에코를 비롯하여 세계적으로 알려진 생존하는 이탈리아 작가들이 사회와 정치에 대한 의식이 부족하다는 비판을 받는 것과 대조적으로 타부키는 이탈로 칼비노와 엘사 모란테, 알베르토 모라비아, 레오나르도 샤샤와 같이 사회와 역사, 정치에 거의 본능적으로 개입했던 바로 앞 세대 작가들의 노선을 이어받았다. 개성적인 상상의 세계를 독특하게 펼쳐내면서도 그 속에서 무게 있는 사회역사적 의식을 담아내는 데 성공한 것이다. 소설과 수필의 형식을 통해 상상의 세계를 그려내는 측면뿐만 아니라 사회 현실과 철학적 화두를 에세이 형식으로 펼쳐내는 존재론적, 실천적 문제 제기는 신랄하면서도 깊은 울림을 지닌다.

타부키의 텍스트는 탄탄하고 깔끔하다. 군더더기가 없다. 넘치지도 모자라지도 않는다. 의식은 텍스트에서 직접 표출되지 않는다. 그보다는 인물의 심리, 내적 동요, 열망, 의심, 억압, 꿈, 실존의식과 같은 것들의 묘사를 통해 떠오른다. 바로 그 점이 그의 텍스트를 열린 것으로 만들어준다. 그의 텍스트는 전후의 시간적, 논리적, 필연적 인과성을 결여한 채, 서로 분리되면서도 연결되는 구조로 되어 있다. 그래서 독자는 중간에 머물 수도 있고, 일부를 건너뛸 수도 있으며, 거꾸로 읽을 수도 있을 것이다. 작가는 독자가 자유롭게 읽을 수 있도록 배려를 아끼지 않는다. 그러나 독자에게 대답을 찾는 퍼즐을 제시하기보다는, 계속해서 물음을 떠올리고 스스로의 퍼즐을 만들어나가도록 한다. 타부키의 텍스트가 퍼즐로 이루어진 것은 맞지만 그 퍼즐은 또다른 퍼즐들을 생산하는 일종의 생산 장치이며 중간 기착지인 것이다. 그 퍼즐들을 갖고 씨름하면서 독자는 자기를 둘러싼 사회와 역사의 현실들, 그리고 그 현실들을 투영하는 자신의 내면 풍경들을 조망하게 된다.

타부키는 이탈리아에서 태어나 교육을 받았지만 평생 포르투갈을 사랑했고 포르투갈 여자를 아내로 삼았으며 포르투갈의 문화를 연구하고 소개했다. 피사 대학에서 포르투갈 문학을 전공했고 리스본의 이탈리아 대사관에서 일했으며 시에나 대학에서 포르투갈 문학을 가르쳤고 페르난두 페소아의 작품을 번역했다. 또 그의 작품들 상당수는 문학, 예술, 음식에 이르기까지 포르투갈의 흔적들로 채워져 있다. 포르투갈은 그에게 영혼의 장소, 정념의 장소, 제2의 조국이었다. 타부키는 거의 일생 동안 그 땅은 자신을 받아들였고 자신은 그 땅을 받아들였다고 고백한다. 그는 그의 깊숙한 곳에 자리한, 그도 그 깊숙이 자리하고 있는, 그러한 나라를 평생 기억하고 묘사한다.

포르투갈의 흔적은 타부키에 대해 비교문학적인 자세와 방법으로 접근할 것을 요구한다. 타부키 스스로가 대학에서 비교문학을 가르친 비교문학자였다. 비교는 경계를 넘나들면서 안과 밖을 연결하고 또한 구분하도록 해준다. 포르투갈에 대한 타부키의 관심은 은유적인 것에 그치지 않는다. 그는 포르투갈의 정체성을 탐사하면서 그로써 이탈리아의 맥락을 환기시킨다. 최종 목적지가 어느 한 곳은 아니지만, 타부키가 포르투갈을 이탈리아의 국가적, 지역적 정체성의 문제를 검토하는 무대로 사용한 것은 틀림없다. 또 그 자신이 서구인임에도 영어권을 하나의 중심으로 놓고 스스로를 주변인으로 인식하는가 하면, 포르투갈의 입장에 서서 유럽을 선망의 대상이자 극복의 대상으로 보기도 한다.

이번에 선보이는 '안토니오 타부키 선집'에 포함된 소설과 에세이는 주로 1990년대 전후에 발표된 것들이다. 이 시기는 타부키가 활발하게 활동한 기간이기도 하지만, 세계사적 차원에서 이념적, 경제적, 정치적으로 급격한 변화가 있었던 시대였고, 이탈리아도 예외는 아니었다. 그러나 타부키가 정작 관심을 둔 것은 현실 그 자체라기보다는, 그 현실이 개인의 내면과 맺는 관계와 양상이었다. 바로 이 때문에 그의 글은 독자로 하여금 깊은 울림을 체험하게 한다. 소설뿐만 아니라 에세이 형식으로 상상의 세계와 함께 이론적 논의를 풍성하게 쏟아낸 그의 글들 역시, 역사와 현실에 대한 지식인적 대결의 자유로우면서 진지한 면모를 보여준다.

'안토니오 타부키 선집'과 더불어 현대 이탈리아 문학의 한 단면이 지닌 정신적 깊이와 실천적 열정을 독자들 역시 확인할 수 있기를 바란다.

안토니오 타부키 선집을 펴내며

존재했다는 것은 존재와 비존재에 근본적으로 이질적인,
어떤 "제3의 종류"에 나름의 방식으로 속한다.
블라디미르 얀켈레비치

일러두기

1 이 책은 아래의 원서를 한국어로 완역한 것이다.

　Antonio Tabucchi, *Il Filo dell'orzzonte* (Milano: Giangiacomo Feltrinelli Editore, 2006)

2 여기에 실린 주는 모두 옮긴이 주이다.

3 원서에서 이탤릭체로 강조된 부분은 고딕체로 표시했다.

4 단행본이나 신문은 『 』로, 그림이나 노래 등은 ( )로 표시했다.

차례

1

서랍을 열려면 레버식 손잡이를 누르면서 돌려야 한다. 그러면 용수철이 풀리고, 기계장치가 찰카닥하는 가벼운 금속 소리와 함께 작동하며, 자동적으로 볼 베어링들이 움직이기 시작하면서 서랍은 서서히 기울어져 작은 궤도를 타고 미끄러진다. 먼저 두 다리가 나타나고 이어 배가, 이어서 몸통이, 이어서 시체의 머리가 나타난다. 때로 해부하지 않은 시체인 경우에는 손으로 기계장치를 끌어당겨야 한다. 부풀어오른 배가 서랍 위쪽에 눌려 작동을 방해하기 때문이다. 반면 해부된 시체는 햄처럼 말라 있으며, 복부를 따라서 지퍼 같은 것이 달려 있고 안은 톱밥으로 채워져 있다. 시체는 몸집이 좋은 어린애, 공연이 끝난 후 구닥다리 물건으로 꽉 찬 창고에 던져진 커다란 인형을 생각나게 한다. 그건 나름대로 삶의 보관소다. 무대의 파편들이 완전히 사라지기 전에, 그들의 사망 원인을 무시할 수 없기에, 여기서 적절한 분류를 기다리며 마지막으로 체류하는 것이다. 그 때문에 그들은 여기서 체류하고, 그는 그들을 보조하고 그들을 감시한다. 그는 눈으로 볼 수 있는 그들의 이미지가 완전히 사라지는 대합실을 관리하고, 그들의 출입을 기록하며, 그들을 분류하고, 그들의 숫자를 세며, 때로 사진을 찍고, 그들이 감각의 세상에서 없어져도 괜찮다는 서류의 빈칸을 채우고, 마지막 표를 나눠준다. 그는 그들의 궁극의 동료이며, 그 이상의 무엇이다. 마치 냉정하고 객관적인 후견인과도 같다.

그렇다면 산 자를 죽은 자로부터 분리하는 거리가 이다지도 길다는 말인가? 때로 그는 생각한다. 대답이 떠오르지 않는다. 사람들은 더불어 사는 것이 어쨌든 그 거리를 좁혀준다고 말한다. 죽은 자들은 엄지발가락에 명부의 숫자가 표시된 표찰을 달고 있어야 한다. 하지만 그들이 멀리 떨어져 있어도 그는 안다. 그들이 물건처럼 숫자로 분류되는 것을 몹시 싫어한다는 걸 말이다. 그래서 그는 혼자서 그들에게 웃긴 별명을 붙여 부른다. 때로는 근거가 없지만, 때로는 오래된 영화의 등장인물과 대충 생김새가 비슷하거나 처한 상황이 같은 경우도 있다. 메이 웨스트,[1] 운라트 교수,[2] 마르셀리노 판 이비노[3]가 그런 경우다. 예를 들어 파블리토 칼보[4]는 마르셀리노의 복사판이다. 둥근 얼굴에 튀어나온 무릎, 윤기 나는 검은 바가지 머리. 나이 열셋에 비계飛階에서 떨어졌을 때 파블

1 Mae West(1893~1980). 미국의 여배우이자 극작가로, 페미니스트이면서 동성애자인권운동을 처음 시작했던 배우이다. 연극과 영화로 만들어진 〈다이아몬드 릴 Diamond Lil〉을 통해 섹스 심벌로 부상했다.
2 하인리히 만이 1905년에 발표한 소설의 제목이자 주인공으로, 변두리 극장 무용수에게 빠져 파멸해간다. 요제프 폰 스턴버그 감독이 〈푸른 천사Der blaue Engel〉(1930)로 영화화했다.
3 Marcelino Pan y Vino. 스페인 작가 호세 마리아 산체스-실바의 전기적 소설이자 1955년 라디슬라오 바다 감독이 영화화한 〈마르셀리노, 빵과 포도주〉에서 예수가 마르셀리노를 부르는 이름이다. 전쟁 후 버려진 여섯 살짜리 소년 마르셀리노가 육아 경험이 없는 열두 명 수사의 손에서 자라나는 종교적 기적을 이야기한다.
4 Pablito Calvo(1948~2000). 위의 영화에서 마르셀리노 역을 맡은 아역 배우. 칸영화제에서 아역 배우상을 수상하면서 국제적인 명성을 누렸다.

리토는 불법 노동을 하고 있었다. 아버지는 연락 불통, 어머니는 사르데냐[5] 거주, 그러나 올 수 없다. 그애는 내일 어머니에게 보내진다.

원래의 병원 체제에서 단지 진찰실과 영안실만 도시의 이 낡은 구역, 달리 말해 역사적 지구인 구시가에 남아 있다. 이 구역은 오랫동안 연구와 복구의 대상이었다. 그러나 세월이 흐르고, 지방정부들이 교체되고 관심도 바뀌면서 복구되어야 할 부분은 더욱더 쇠락해간다. 그러다 도시는 다른 구역들에서 협박을 받고 전문가들의 눈은 다른 곳으로 향한다. '생산' 인구가 밀집된 곳, 거대한 기숙사들이 지어진 곳이다. 그곳에는 시청 기술자들의 개입이 절실히 요구되는 건물들이 있다. 그곳의 경사진 지형은 언젠가 그 건물들의 더러운 껍질을 벗기려 들기라도 하듯 무너져내릴 것이다. 그러면 긴급 처방이 제시되고 특수 자금이 투입된다. 길이 닦이고 하수구와 가스관이 연결되며, 학교와 유아원, 병원이 세워진다. 다른 한편 이곳 구시가에는 고통이 퍼져 있다. 오염이 벽과 집을 차근차근 습격해왔고, 슬금슬금 진행되는 그들의 퇴락은 마치 임박한 사형선고처럼 돌이킬 수가 없다. 이곳에는 연금생활자들, 창녀들, 행상들, 생선 장수들, 무직의 젊은 부랑자들, 어둠침침하고 낡고 눅눅한 가게를 지키는 식료품 장수들이 산다. 식료품 가게들은 양념과 말린 대구 냄새를 풍기고, 문 위에 달린 색 바랜 간판 문구는 겨우 읽을 수 있을 정도다. '포도주—식민지 물건[6]—담배.' 청소부들도 좀처럼 지나가지 않는

5 이탈리아 코르시카 섬의 남쪽에 있는 섬.
6 커피, 카카오, 향료 등을 말한다.

다. 그들도 이 소외된 부류의 인간들이 버린 것을 경멸하는 것이다. 저녁이면 뒷골목에서 주사기들이 반짝거리고, 비닐 봉지들이 널려 있다. 때로는 구석에 죽은 쥐가 형체를 알아볼 수 없게 문드러져 있는 것도 보인다. 전염병관리본부의 인광을 발하는 포스터가 바닥에 흩어진 검푸른 미끼를 건드리지 말라고 경고한다.

사라는 밤 열시, 그의 당번이 끝나는 시간에 맞춰 그곳을 지나가겠다고 수도 없이 고집했지만, 그는 언제나 반대한다. 저녁이면 뒷골목에 세 명의 창녀가 조용히 진을 치고, 이층 창문에 그들을 주시하는 보호자들이 있지만, 그들 때문만은 아니다. 사실 사라도 저녁이면 공격적으로 배회하는 쥐떼가 무엇보다 두렵다. 얼마나 큰지 짐작도 가지 않지만, 사라가 그것들을 끔찍하게 무서워한다는 것, 상상도 하지 못한다는 것은 확실하다. 정말이지 이 도시에는 쥐가 넘쳐난다. 하지만 이 구역에는 특별한 사육법이 있다. 스피노는 이를 설명할 이론이 있지만 아무에게도 말한 적이 없었다. 더더구나 사라에게는 말도 꺼내지 않았다. 그는 쥐들을 흥분시키는 것은 영안실의 존재라고 생각한다.

2

토요일 저녁, 보통 그들은 란테르나 마지카[7]에 간다. 비코 데
이 카르보나리[8] 길 막바지에 있는 영화 애호가 클럽이다. 그
곳은 농가나 들판의 끝, 지나간 시간을 상기시키는, 마을의
한구석처럼 생긴 작은 안뜰에 있다. 그 위로는 항구와 펼쳐진
바다, 오래된 유대인 게토의 실타래 같은 작은 골목들이 보이
고, 벽들과 집들 사이에 비집고 들어선, 다른 지점에서는 보
이지 않는, 교회의 빨간 종도 의외로 눈에 들어온다. 오랜 시
간 닳은 벽돌 계단은 아직 쓸 만하다. 색 바랜 포스터들을 덮
으며 자라난 케이퍼나무 덩굴의 습격을 받아 여기저기 부서
진 벽에 비틀려 붙어 있는, 윤기 나는 긴 철제 손잡이도 마찬
가지다. 포스터도 역시 읽을 만하다. 코피[9]여 영원하라. 날치
기법은 통과되지 않을 것이다. 흘러간 것들. 여름 저녁, 사람들
은 영화가 끝난 뒤 뒷골목의 막다른 곳을 점하고 있는 작은
카페에서 저녁 시간을 마감한다. 카페에는 가느다란 쇠사슬

---

7 Lanterna Magica. '매직 랜턴'이란 뜻으로, 17세기에 발명된 영사기의 선조 격인
  영사장치의 이름이기도 하다.
8 비밀결사 '카르보나리 당원의 골목'이라는 뜻. 카르보나리Carbonari는 19세기 초
  공화정 수립을 위해 뭉친 이탈리아의 급진적 비밀 정치단체의 이름으로, 신분을 속
  이기 위해 '숯 굽는 사람'으로 위장한 데서 유래한 말이다.
9 Fausto Coppi(1919~1960). 이탈리아의 전설적인 사이클 영웅으로, 이차대전 때
  아프리카 포로로 있다 풀려나 사이클 선수로서 수많은 대회에서 우승을 거두었다.

로 연결된 두 개의 화강암 비석 안쪽으로 위태로운 벽으로 둘러싸인 테라스가 퍼걸러[10] 아래에 마련되어 있다. 녹색 철제 다리가 달린 조그만 대리석 테이블이 네 개 있다. 대리석이 흡수해서 제 것으로 만든, 포도주와 커피의 원형 자국들이 상형문자를 그려낸다. 해석해야 할 조그만 형상들, 다른 손님들, 다른 저녁 시간들이 남긴 가까운 과거의 고고학. 아마도 카드 놀이를 하고 노래를 부르며 밤을 새워 마신 흔적들일 것이다.

그런 것들 아래로 도시의 무질서한 기하학, 만曲에 위치한 마을의 불빛들, 세상이 펼쳐진다. 사라는 박하 셔벗을 마신다. 여기서는 아직도 예전의 작은 기계로 셔벗을 만든다. 얼음 봉을 알루미늄 깡통 안에 고정시킨 강판으로 깎아내면 그 속에서 잘게 부서진 얼음이 눈처럼 빽빽하고 폭신폭신하게 응고된다. 주인은 뚱뚱한 남자다. 눈 밑이 축 처져 있는데다, 튀어 나온 배를 강조하는 하얀 장식을 달고서 게으르게 어슬렁거리다가 웃음을 흘리면서 항상 조잡한 말투로 엉터리 일기예보를 내뱉곤 한다. "내일은 시원하고, 동풍이 분다 이겁니다." 혹은 "이거 날씨가 비가 오겠습니다요." 바람과 날씨를 안다는 걸 뽐내는 것이다. 젊어서 선원이었고 아메리카 대륙 항로를 오가는 증기선에서 일했다.

사라는 더운 날에도 다리를 모으고 어깨에 숄을 덮는다. 밤 공기가 관절에 통증을 일으키기 때문이다. 그녀는 바다 쪽을 바라본다. 항구로 들어가기를 기다리는 배들의 정지한 불빛들이 바다임을 두드러지게 해주지 않는다면 그저 밤일 수도 있을 암흑의 덩어리다. "떠난다는 건 얼마나 멋진 일일까, 안

10 정원에 덩굴 식물이 타고 올라가도록 만들어 놓은 아치형 구조물.

그래?" 그녀가 말한다. 떠나는 일이 멋질 거라고 사라가 말한 지 십 년이 됐다. 그는 언젠가, 조만간, 아마 그리 해야 할 거라고 대답한다. 무언의 동의가 이루어지는 이런 대화는 결코 이렇게 습관적인 두 문장을 넘어 더 나가본 적이 없다. 그래도 그는 사라가 그들의 불가능한 떠남을 얼마나 꿈꾸는지 한결같이 알고 있다. 그녀의 꿈에 다가가는 건 어려운 일이 아니기 때문이다. 그녀의 환상 속에는 대서양을 횡단하는 선박이 있다. 그 배에는 덮개가 달린, 누울 수 있는 긴 의자와 해풍을 막아주는 플래드[11]가 있고, 배다리 끝에서 하얀 바지를 입은 신사들이 영국풍의 게임을 즐긴다. 남아메리카에 도착하려면 이십 일이 걸린다. 하지만 어떤 도시인지는 중요하지 않다. 마르 델 플라타, 몬테비데오, 살바도르 데 바이아.[12] 어디든 상관없다. 남아메리카는 꿈의 공간 속에서 자그마할 뿐이다. 사라가 무척 좋아하는 것은 미르나 로이[13]의 영화다. 저녁 시간은 우아하다. 갑판에서 춤을 추고 배다리는 불빛의 무리로 환하게 밝혀지며 오케스트라가 〈왓 어 나이트, 왓 어 문, 왓 어 걸〉[14]이나 〈포르 우나 카베차〉[15]와 같은 삼십년대의 탱고를 연주한다. 그녀는 하얀 스카프에 야회복을 걸치고, 선장의 정중한 유혹을 뿌리친 채, 그녀의 남자가 병실을 빠져나와

11 격자무늬 천.
12 각각 아르헨티나, 우루과이, 브라질의 항구도시.
13 Myrna Loy(1905~1993). 미국의 여배우로, 무성영화 시절 팜므파탈 연기와 이후 영리하고 능력 있는 아내 연기로 엄청난 인기를 얻었다.
14 미국의 유명 재즈가수 빌리 홀리데이의 곡.
15 탱고의 신이라 불린 아르헨티나 가수 카를로스 가르델Carlos Gardel이 1930년대에 작곡한 곡으로, 영화 〈여인의 향기〉에 삽입되었다.

춤을 청하러오기를 기다린다. 왜냐하면, 당연한 말이지만, 그녀의 남자 스피노는 선상 의사이기 때문이다.

사라의 꿈이 반드시 그렇지 않다 해도 아주 동떨어진 것만은 분명 아니다. 〈소유와 무소유〉[16]를 본 저녁 그녀는 기분이 참 울적해보였다. 사라는 그의 팔을 꼭 껴안았다. 그리고 셔벗을 먹으며 마치지 못한 그의 학업에 관한 케케묵은 얘기로 돌아갔다. 지난 시절 얘기를 꺼내는 건 이젠 정말 쓸모없는 일이다. 학교 의자로 돌아가고 싶은 마음을 이 나이에 가져선 안 된다는 걸 언제나 깨닫게 될까? 이어서 시험 등록 안 내서, 공무원, 이제는 시험 감독관이 된 과거의 동급생들 얘기가 나온다. 그에게는 견딜 수 없는 것들이다. 그럼 안 되잖아, 그녀는 포기하지 않는다. 인생은 길어, 우리 기대치보다 아마 더 길 거야, 인생을 버릴 권리는 누구에게도 없어. 그런 즈음이면 그는 눈길을 멀리 던지고 대답하지 않는다. 그리고 마치지 못한 그의 학업과 연관된 화제로 이어지지 않도록 침묵으로 대화를 끝내버린다. 그건 그에게 고통을 주는 얘기다. 그는 그녀가 무엇을 말하려 하는지 잘 알고 있다. 그런데 그걸 할 수 있을까? 연인들의 부적절한 이런 생활은 그들 나이에 약간 불편한 기행이다. 하지만 관습을 깬다는 것, 부부의 생활로 갑자기 이행한다는 것은 정말로 어려운 일이다. 괴상한 말투와 게으르고 나대는 태도를 지닌, 그런 열여덟 살 가출 소녀의 아버지가 된다는 생각이 그를 오싹하게 한다. 때로

---

16 To Have and Have Not. 이탈리아에서는 '남해Acque del Sud'란 제목으로 개봉된 1944년 하워드 혹스 감독, 험프리 보가트 출연의 영화로, 헤밍웨이의 동명 소설을 각색했다.

학교에서 돌아가는 소년을 보며 생각한다. 내가 너의 아버지, 아니면 최소한 양부일 수도 있지.

　말하고 싶은 그런 얘기는 분명 아니다. 그러나 사라도 그런 얘기를 하고 싶지는 않다. 사라는 그가 하고 싶어하는 걸 하고 싶어한다. 그래서 그녀도 그런 얘기를 하지 않고, 대신 영화 얘기를 한다. 란테르나 마지카가 미르나 로이와 보가트[17] 회고전을 두 번 열었어, 〈일급비밀〉[18]까지 말이야, 그 사람들 소문 받쳐주는 자료가 엄청 많아, 보가트가 미르나 로이가 쓰고 있는 스카프를 주목했을까?, 주목했던 게 틀림없어, 세상에, 뻔히 보인다니까, 하지만 보가트가 매는, 언제나 보드라운 물방울무늬 머플러는 정말 죽여준다고…… 그는 어떤 때에는 스크린에서 오드콜로뉴 향수와 포마드 냄새가 나와 코를 확 찌르는 느낌이 든다. 사라는 가만히 웃는다. 알 듯 말 듯 숨을 죽이면서. 그런데 왜 버지니아 메이요[19] 회고전은 안 하는 거야?, 보가트가 그녀를 개처럼 대했지, 그 거지 같은 놈이 말이야. 사라는 버지니아 메이요에게 특별한 애착을 갖고 있다. 그녀는 술 때문에 망가져서 모텔 방에서 죽었어, 보가트가 마시지 못하게 막았거든, 그런데, 그런데 말이야, 저기 항구에 있는 배, 대서양 횡단 선박 같지 않아? 사라가 보기에 그 배는 상선이기에는 너무 환한 빛을 발하고 있다. 그는 확신이

17　Humphrey Bogart(1900~1957). 미국의 배우로, 〈카사블랑카〉로 일약 스타의 자리를 굳혔다.

18　원제는 '브로드웨이 빌Broadway Bill'로, 1934년 프랭크 카프라가 감독하고 미르나 로이가 출연했다.

19　Virginia Mayo(1920~2005). 미국 할리우드 여배우로, 〈우리 생애 날〉 등 수많은 영화와 뮤지컬, 드라마에 출연했다.

서지 않는다. 글쎄…… 말을 하지 못한다. 아마 아닐 거야, 대서양 횡단 선박들은 이제 없어, 다 퇴역했지, 어떤 건 그런 여행용으로 남아 있겠지만. 사람들은 이제 비행기로 여행한다고, 누가 대서양 횡단 선박으로 미국에 가려 하겠어. 그녀가 말한다. 맞아, 네 말이 옳아. 하지만 그는 말투에서 동의하지 않는 걸 느낀다. 그냥 관두는 거다.

한편 카페 주인은 빈 테이블들을 닦으며 손에 걸레를 들고 돌아다닌다. 침묵의 메시지다. 그들이 친절하게도 메시지에 응답해준다면 가게 문을 닫고 자러 갈 것이라는. 자기는 아침 여덟시부터 서 있는, 세월이 배보다 더 무거운 사람이라는. 이어 바람이 선선해지고 밤이 침묵과 습기로 묵직해지면 의자의 팔걸이에서 짠맛의 엷은 막이 느껴진다. 뭐, 이제 일어서는 게 좋겠어. 사라는 그게 좋겠다고 동의한다. 그녀의 눈은 젖어 있다. 그는 그녀가 감동한 것인지 그저 피곤한 것인지 전혀 알지 못한다. 오늘밤 네가 나랑 자면 좋겠는데, 그녀가 말한다. 스피노는 자기도 좋다고 말한다. 내일은 그가 쉬는 날이기에 그들은 아침부터 저녁까지 그의 집에서 함께 지낼 것이다. 그는 부엌에서 인스턴트 간식을 준비할 것이고 오후 내내 침대에서 지낼 것이다. 그녀는 살면서 이렇게 늦게, 각자가 서로의 인생을 살게 된 뒤에야 서로를 알게 된 것이 얼마나 불행하냐고 속삭일 것이다. 그녀는 그와 일찍 만나 함께했더라면 행복했을 거라고 확신한다. 아마 그도 그렇게 생각할 것이다. 하지만 그녀를 위로하기 위해 그러지 않았을지도 모른다고 말할 것이다. 연인들 사이니까 그런 생각을 하는 것일 뿐, 결혼은 모든 걸 바꾼다. 일상은 사랑의 최악의 적이다. 사랑을 갉아먹는다.

카페 주인은 벌써 셔터를 내리고 있다. 낮은 소리로 잘 가라고 우물거린다.

3.

밤중에 사람들이 그를 데려왔다. 구급차가 조용히, 숨죽인 불빛으로, 도착했고, 스피노는 그 순간 생각했다. 뭔가 무서운 일이 일어났어. 그는 잠에 빠진 느낌이었지만, 더이상의 치료가 없다는 듯 너무나도 살그머니 좁은 거리로 들어선 구급차의 엔진 소리를 완벽하게 감지하면서 죽음이 어떻게 서서히 다가오는지를, 서두르지 않으면서도 피할 수 없는 것이 죽음의 진면목임을 깨달았다.

그 시간, 도시는 잠든다. 낮에는 멈춤을 모르는 이 도시에서, 자동차 소리가 잠잠해지고, 해안도로를 관통하는 트럭 한 대의 고립된 굉음만 들려온다. 침묵하는 밤의 광활한 공간에 도시 서쪽에 주둔한 제강 공장의 으르렁대는 소리가 달빛을 받아 유령 같은 경비병처럼 떠돈다. 구급차 문이 열리는 소리가 밖에서 피곤하게 울렸다. 잠시 후 병원의 슬라이드 문이 열리는 소리가 들렸다. 어떤 냄새가 나는 것 같았다. 밤의 선선한 기운이 거기에 섞여 사람들의 옷에 스며 있었다. 사람들이 자고 일어난 침실에 가끔 배어 있는 신맛이 도는, 약간 거슬리는 막연한 느낌. 경찰은 넷이었고 얼굴이 창백했다. 진한 머리카락에 몸짓이 몽유병자 같은 청년 넷은 아무 말도 하지 않았다. 밖에 남은 다섯번째는 어둠 속에서 더듬거리며 스피노가 포착하지 못한 뭔가를 얘기했다. 그러자 넷은 자신이 뭘 하는지 전혀 알지 못하는 사람들처럼 걸어나갔다. 스피노는 너무나도 낯선 구조의 우아한 장송 무용극을 보는 것 같았다.

잠시 후 그들이 들것에 누군가를 뉘여 다시 들어왔다. 모든 것이 침묵 속에서 진행되었다. 그들은 그를 들것에서 내렸다. 스피노는 스테인리스 금속판 위에 그를 올려놓았고, 꽉 쥔 손들을 폈다. 그리고 붕대로 턱을 머리 쪽으로 고정시켰다. 그는 아무것도 묻지 않았다. 모든 것이 너무나도 분명했기 때문이다. 사건의 메커니즘이 뭐가 중요하단 말인가? 그는 장부에 입실 시간을 적어넣었다. 그리고 사망증명서를 확인할 당번 의사를 호출하기 위해 이층에서 울리는 종소리 버튼을 눌렀다. 네 명의 청년은 에나멜을 입힌 긴 의자에 앉아 담배를 피우고 있었다. 물에 빠진 사람들처럼 보였다. 이윽고 의사가 내려왔고, 말을 하고 뭔가를 쓰기 시작했다. 그는 상처 입은 다섯번째 청년을 바라보았다. 그는 가만히 떨고 있었다. 스피노는 누오보 병원에 전화해서 즉각 응급 환자를 보낼 테니 준비하라고 말했다. "여긴 도구도 없어요." 그가 말했다. "우린 이제 그냥 영안실이라고요."

그리고 의사가 진찰실에서 나갔고 누군가 흐느꼈다. 청년들 중 하나였다. 그가 우물거렸다. "엄마." 그리고 손으로 눈을 눌렀다. 마치 거기에 새겨져 남아 있는 장면을 지우기라도 하려는 듯. 그때 그는 내리누르는 피곤을 느꼈다. 그를 둘러싼 모든 피곤의 무게를 그의 어깨가 떠받치고 있는 듯했다. 마당으로 나갔고, 마당도 피곤하다는 느낌이 들었다. 그 낡은 병원의 벽들도 피곤했고, 창문들도, 도시도, 모든 것이 피곤했다. 그는 하늘을 바라보았다. 별들도 피곤한 것만 같았다. 그는 그러한 모든 것에 예외가 있기를 바랐다. 유예처럼 혹은 망각처럼.

4

그는 아침 내내 항구를 따라 거닐다가 세관이 늘어서고 상선
들이 정박한 구역에까지 이르렀다. 고물에 라이베리아Liberia
라고 쓴 칙칙한 배가 자루와 통들을 싣고 있었다. 난간에 기
대서 하역 작업을 지켜보고 있던 흑인 하나가 그에게 손을 들
어 인사했다. 그도 응답했다. 바다에서는 운해雲海가 낮게 밀
려왔다가 한순간에 등대와 기중기를 감싸면서 육지를 삼켜
버리고 안개 속으로 흩어졌다. 그는 베토발리에 광장을 가로
질렀고, 도시의 성벽 역할을 하는 저택들이 에워싼 곳을 지나
서 구릉 위까지 올라가는 궤도차를 타러갔다. 그 시간에 궤도
차에는 아무도 없다. 늦은 오후에 다시 차는데, 그때는 사람
들이 일터에서 집으로 돌아가는 때다. 옅은 검은색 제복을 입
은 운전사는 체구가 작은 노인인데, 손 하나는 나무다. 재킷
옷깃에 상이군인 배지를 달고 있다. 레버들은 물론 전차의 조
종륜처럼 생긴 그 이상한 굴렁쇠 같은 것을 한 손으로 능숙하
게 다룬다. 처음 구간에서 궤도차는 산악철도처럼 궤도 위를
달린다. 운전실 유리 옆으로 집의 높다란 벽들, 고양이들이
사는 어두운 조그만 공터들, 작은 수조들이 들여다보이는 정
원의 철책들, 녹슨 자전거, 다랑어 상자에 심은 제라늄과 바
질이 연이어 나타난다. 그러다 갑자기 벽들이 열린다. 궤도차

가 지붕들을 부수며 하늘을 향해 곧장 솟아오르기라도 한 듯, 순식간에 허공에 매달린 느낌이 든다. 궤도차는 견인줄을 타고 조용히 미끄러지며, 항구와 건물들은 낮은 쪽으로 내달린다. 사람들은 궤도차의 상승이 이제는 멈추지 않으리라는 인상을 받는다. 중력은 부조리한 법칙처럼 여겨지며, 도시는 지긋지긋해서 내버리고만 싶은 장난감처럼 보인다.

궤도차는 산악지대의 기차역처럼 보이는, 차양이 달린 자그마한 정원 입구에 멈춘다. 나무 기둥으로 만든 의자도 있다. 몸을 돌려 바다를 바라보지 않는다면 스위스나 혹은 독일 호수의 구릉에 와 있는 듯한 환영에 사로잡힐 수도 있으리라. 거기서 헝가리 식당으로 이르는 오솔길이 시작된다. 식당 이름이 그렇다. 헝가리. 안에는 성마른 남편과 나이가 지긋한 아름다운 안주인이 있다. 손님들은 부정확한 이탈리아어로 얘기를 나누고 헝가리어로 서로 다툰다. 어찌해서 그들이 그 허접한 산장을 고집스럽게 유지하는지 아무도 모른다. 스피노가 그곳에 갈 때면 주변은 언제나 황량하다. 할머니는 친절하고, 그를 선장님이라 부른다. 이상하다. 그를 언제나 선장님이라고 불렀다.

그는 창가의 테이블에 앉았다. 어떻게 그 높이에서 배들의 경적 소리가 곁에 있는 것보다 더 선명하게 도달하는지 믿을 수 없는 일이다. 그는 요리를 주문했고, 안주인이 터키식으로 만드는 커피도 시켰다. 안주인은 아마도 젊은 시절 헝가리에서 사용했을 푸른색의 커다란 도자기 찻잔에 커피를 담아 내온다.

식사를 마치고 그는 잠시 쉬었다. 머리를 손으로 받치고 눈을 뜨고 있었지만 마치 잠에 빠진 듯 아무것도 보고 있지 않았다. 천천히 흐르는 시간을 느끼며 그렇게 있었다. 주방 문위의 시계에서 뻐꾸기가 다섯 번 몸을 내밀며 울었다. 할머니는 펠트 천으로 싼 주전자를 가져왔다. 그는 차를 오랫동안홀짝였다. 할아버지는 옆 테이블에서 혼자 카드를 치고 있었다. 짝패가 맞지 않는 카드가 나올 때마다 눈을 찌푸리며 웃다가 자꾸 그를 곁눈질했다. 그러다 마침내 그에게 함께 카드를 치자고 권했고, 그들은 브리스콜라[20]를 했다. 마치 세상에서 가장 중요한 일이나 되는 듯, 그리고 어떤 것인지는 모르지만 그들이 존재하는 현실보다 더 위에 있다고 상상하는어떤 사건의 향방이 그 게임에 달려 있다는 듯, 둘 다 게임에최고의 주의를 기울였다. 옅은 푸른색의 황혼이 내려왔고, 할머니는 의자 뒤편의 불을 켰다. 방부 처리된 두 마리 다람쥐가 받치고 있는, 파리똥이 뒤덮인 양피지로 만든 전등갓 두개가 환해졌다. 해안 도시에 면한 그런 식당에서 약간은 부조리해 보였다.

그는 코라도에게 전화를 했다. 하지만 편집실에 없었다. 잠시 후에 사람들이 그를 인쇄실에서 찾아냈다. 그는 좀 흥분한듯했다. "근데 어디로 샌 거야?" 코라도가 기계 소음을 덮기위해 소리를 질렀다. "하루 종일 찾았잖아." 스피노는 헝가리에 있다고 말했다. 오고 싶으면 만나자고, 혼자 있다고 말했다. 코라도는 갈 수 없다고 대답했다. 말투가 서두르는, 어쩌면 성가신 듯 들렸다. 그는 신문이 금방 인쇄에 들어가려 하

20 이탈리아의 전통적인 카드놀이로, 보통 사십 개의 카드패로 두 명에서 여섯 명정도가 한다.

며, 내일이면 도시 전체가 읽게 될 그 추악한 스토리가 뉴스로 공식 보도될 것 같다고 변명했다. 품위 있는 기사 한 줄 끼워넣지 못하고 하루 종일 사건 짜깁기하느라 애만 썼는데, 현장에 나갔던 사회부 기자는 엉뚱한 버전을 갖고 돌아왔고, 사람들은 아무것도 모르고 있으며, 적어도 조금만 더 빨리 사건을 추적해낼 수 있었더라면 뭔가 단서를 요구하겠지만, 밤에 경찰에 가는 건 최악이며, 자기가 당직이란 걸 알았다는 등의 얘기를 늘어놓았다. "이름도 알려주지 않으려 하더라고." 그는 화난 목소리로 결론을 지었다. "내가 아는 건 오직 기록이 잘못됐다는 거야."

스피노는 침묵했고 코라도는 잠잠해졌다. 수화기에서 물결처럼 매끄럽게 회전하는 기계음이 들려왔다. "네가 이리로 좀 튀어오지그래." 코라도가 갑자기 풀어진 투로 다시 입을 열었다. 망연자실한 순간에 코라도의 얼굴에 그려지는 어린애 같은 표정이 눈에 보이는 듯했다.

"안 돼." 그가 말했다. "미안해, 코라도. 근데 오늘밤은 정말 안 돼. 아마 내일이나 그다음에, 내가 전화할게."

"좋아." 코라도가 말했다. "이제 와서 기사를 시간에 맞춰 고쳐쓰지는 못할 것 같아. 이름이라도 알면 좋겠는데. 자네 어젯밤에 전혀 들은 거 없어? 누가 무슨 이름 하나 꺼낸 거 기억 안 나?"

그는 창문으로 밖을 내다보았다. 밤이 내려왔다. 언덕을 따라 불빛이 미끄러져내리고 있었다. 도시로 내려가는 자동차들이었다. 그는 잠시 간밤에 대해 생각했지만 기억나는 건 하나도 없었다. 이상하다. 그의 머리에 떠오른 유일한 이미지는 스크린 오른쪽에서 등장하는 오래된 영화의 역마차였다. 역마차는 아우로라 극장의 맨 앞줄에서 영화를 보고 있는 어린 그에게 달려오는 것처럼 아래쪽으로 확대되었다. 전속력으로 역마차를 뒤쫓는 복면의 기사가 있었고, 마부가 총을 겨눴고, 그가 눈을 꼭 감고 있는 동안에 스크린에서는 요란한 총소리가 터져나왔다.

"키드라고 부르지그래." 그가 말했다.

5

『가제타 델 마레』의 기사는 기자 이름도 없고 1면 예고 기사도 없이 사회면에 2단으로 나왔다. 한 면 전체에서 차지하는 크기는 그만그만했다. 대신 시체 사진이 실렸다. 경찰이 찍은 사진이다. 코라도는 사진을 얻어낼 수 있었다. 하긴 공표되는 것이 수사관들에게도 편하다. 사진 아래에는 이렇게 쓰여 있었다. 이름 없는 도둑.

그는 설거짓거리를 치우고 테이블에서 신문을 펼쳤다. 사라는 다른 방들을 정리하고 있었다. "봤어?" 부엌에서 그녀가 소리를 질렀다. "아무도 그 사람 모르는 거 같던데. 근데 코라도 기사가 아냐. 이름도 없어."

코라도가 쓴 기사가 아니란 걸 그는 안다. 어떤 젊은 사회부 기자가 자료를 모았다. 몇 달 전에 일대 혼란을 일으키며 항구의 부패 사건에 몸을 던졌던 아주 대담한 기자다. 그는 상투어들로 가득 찬, 뒷골목의 암투에 대한 서두는 건너뛰고 중간 부분만 읽었다.

"어젯밤 우리 도시에서 비극적이고 폭력적인 암투가 벌어졌다. 사건은 아르세날레 서민 지역에 위치한 카세디펜테 가街의 낡은 건물 꼭대기 아파트에서 일어났다. 자정 무렵 다섯 명의 특별 수사관이 정보원들의 신호에 따라 문제의 아파트에 사태를 정리하기 위해 투입되었다. 수사관들은 정보원들의 신원 공개에 대해 극도의 신중을 기하고 있다. 숫자가 밝혀지지 않은 거주자들은 '문 열어! 경찰이다!' 하는 명령에 문에다 반복해서 총을 발사하여 수사관 한 명을 심각한 상태에 빠뜨렸다. 그는 두 달 전부터 우리 도시에서 근무하는 스물여섯 살의 안토니노 디 놀라 수사관으로 확인되었는데, 이후 정밀한 수술을 받았다. 범법자들은 입구에 인접한 작은 방에서 끈질기게 저항하다가, 창문을 통해 지붕을 타고 완전히 사라져버렸다. 그러나 도주하기 전에(이것은 이 사건의 가장 어두운 측면일 것이다) 동료 한 사람에게 총을 발사했다. 그 사람은 베키오 병원으로 신속하게 옮겨졌지만 도착하기 전에 숨을 거뒀다. 신원은 밝혀지지 않았다. 알려진 바로는 가짜 신분증을 지니고 있었다. 외모로 보아 스물 내지 스물다섯 살의 청년으로, 머리카락은 밤색, 푸른 눈에 마른 체격, 키는 중간 정도다. 지역 주민들은 이 사람이 일 년 정도 거주했다고 하는데, 실제로는 미지의 인물이었다. 그는 카를로 노볼디라는 이름을 썼고 학생이라고 주장했지만, 대학 당국에서는 소속 학생으로 확인되지 않았다. 동네 상인들은 그가 언제나 계산을 꼼꼼히 했고, 친절하고 정확한 사람이었다고 기억한다. 청년이 머물던 숙소는 방 두 개와 다락방 하나가 딸린 아파트인데, 소유자인 어떤 종교 단체로부터 제공받은 것이다. 당시 그는 외국에서 귀국한 극빈자로 소개되었다. 자칭 노볼디는 순전히 상징적인 월세를 교단의 원장에게 지불했으며, 원장은 언론에 명확한 설명을 거부했다. 우리 도시가 다시 한 번 폭력 범죄의 무대에 올라서는 이 새로운 참극은 과거의 사건들 때문에 상처받은 시민들의 의식에 또다른 공포심을 불러일으키고 있다."

사라는 그의 등뒤로 다가와 어깨에 기대고 머리를 나란히 한 채 기사를 읽었다. 그녀가 그의 머리를 손으로 쓰다듬었다. 그 동작에는 이해와 부드러움이 있다. 그들은 잠시 그 신원 불명의 사진에 빠져든다. 그러다 그녀는 그를 당혹하게 만드는 문장을 입 밖에 낸다. "수염을 기른 스무 살 남짓은 너일 수도 있어."

그는 대답하지 않는다, 마치 그것이 중요하지 않은 관찰이기라도 하듯.

6

슬라이드 문 위에 파스콸레의 쪽지가 있었다. 금방 돌아옵니다. 아침 열한시에 파스콸레는 늘 커피를 마시러 간다. 스피노는 마당에서 기다리느니, 그가 어디에 있는지 잘 알기에 만나러 가기로 했다. 햇살은 밝고 거리에는 활기가 넘쳤다. 그는 병원에서 나와 작은 광장으로 이어지는 어두운 샛길을 통과했다. 광장에는 테라스를 갖춘 카페의 조그만 테이블들이 놓여 있다. 파스콸레는 테이블 하나를 차지하고 앉아 신문을 읽고 있었다. 그를 놀라게 했던 것이 틀림없다. 등뒤에 이르러서 그에게 말을 걸었을 때 가볍게 움찔했기 때문이다. 그리고 체념한 표정으로 테이블에 동전 몇 개를 놓으면서 신문을 접었다. 그들은 산책하듯 말없이 걸었다. 그러다 파스콸레가 슬픈 얘기라고 하자 스피노가 "글쎄 말이야"라고 답했고, 이에 파스콸레는 이렇게 말했다. "난 내 고향 산 아래 묻히고 싶어. 내가 정착하고 싶은 그곳에 말이야."

버스 한 대가 지나갔고, 소음이 그들의 마지막 말들을 덮어버렸다. 그들은 작은 정원을 가로질렀다. 사람들의 발길이 출입이 금지된 화단들 사이로 오솔길을 만들어놓았다. 스피노는 병원으로 가지 않을 거라고 했다. 그는 단지 누군가가, 부모든 지인이든, 나서지 않을까 알고 싶었다. 파스콸레는 쓸

쓸한 표정으로 고개를 저었다. "그럴 리가 있겠어." 스피노는 가능한 한 영안실을 떠나지 말라고 부탁했고, 파스콸레는 만일 부모들이 살아 있다면 가장 먼저 할 일이 경찰을 찾아가는 것이지 병원에 오는 것은 분명 아닐 거라고 대답했다. 그들은 정원의 작은 보도가 구시가의 집들 사이로 빠지는 교차로에서 헤어졌고. 스피노는 37번 정거장으로 향했다.

스피노가 우려한 대로 코라도는 자리에 없었다. 그는 코라도가 뭔가 더 알아내려고 혼자서 찾아나서리라 진즉 상상했던 터였다. 사회부 기자에게서 받아낸 자료를 보고 그가 만족했을 리가 없었다. 그는 편집부를 잠시 둘러보았다. 아는 사람들에게 인사를 건넸지만 다들 별로 신경을 쓰지 않았다. 초조함과 신경과민의 분위기가 감돌고 있었다. 그 사건이, 그의 비극적인 무게가 사람들을 열에 들뜨고 약하게 만들면서 그 방을 짓누르고 있다고 생각했다. 어떤 사람이 한쪽 문에서 종이 한 장을 흔들며 나타났다. 그는 전차들이 국경을 넘었다고 외쳤고, 아시아의 어느 도시, 발음하기 힘든 장소를 거명했다. 조금 후에 텔레타이프에서 일하고 있던 다른 기자가 동료에게 달려가서 협정이 체결되었다고 말했고, 멀고 낯선 또 다른 도시의 이름을 발음했다. 아프리카에서는 할 수도 있는 일이지만 여기서는 앞의 것만큼이나 불가능한 일이다. 스피노는 그의 머리에 맴도는 그 죽음을 아무도 신경쓰지 않는다는 걸 알았다. 그건 세상의 거대한 몸통에서 일어나는 하나의 작은 죽음일 뿐이었다. 이름도 없고 이야기도 없는 무의미한 시체, 사물의 구조물에서 떨어져나온 하나의 파편, 잔여물이었다. 이런 생각을 하는 동안 기계로 가득 찬 그 현대식 실내의 소음은 잦아들었다. 마치 그의 생각이 스위치를 내려 목소리와 몸짓들을 침묵으로 바꿔놓은 듯했다. 그 침묵 속에서 그는 그물에 걸린 한 마리 물고기처럼 퍼덕거린다는 느낌이 들었다. 그러자 그의 몸은 갑자기 제어를 벗어난 동작을 취했고, 그는 어느 탁자 위에 있던 빈 커피잔을 들어 내던졌다. 바닥에서 산산조각 나는 소리가 실내의 소음에 다시 불을 붙였다. 스피노는 커피 잔 주인에게 사과했고, 그가 걱정하지 마라는 듯 웃음을 지어보였다. 스피노는 밖으로 나왔다.

7

아직도 이름 없는, 카세디펀테 가의 죽음. 코라도의 기사 제목이다. 밑에는 그의 이니셜이 있다. 피곤하고 체념한 듯한, 상투어로 도배된 기사다. 수사망, 세밀하게 검토된 일체의 종적들, 사망 시점의 규명.

스피노는 비고의적인 역설에 주목했다. 사망 시점. 그는 무릇 죽음에는 하나의 진실이 있다고 생각한다. 죽은 사람이 누구인지 아무도 모른다. 법적으로 사망을 확인하는 것조차 가능하지 않다. 수염이 무성하고 코가 뾰족한 어느 젊은 시체만 있다. 스피노는 환영을 그려보기 시작한다. 병원에 죽은 자가 도착한다. 아마도 구급차에서 뭔가 우물거렸을 것이다. 저주, 애원, 또는 이름. 아마도 보통 그렇듯 어머니를 불렀을 수 있고, 아내나 아들을 불렀을지도 모른다. 손가락에 반지를 끼고 있는데, 그것이 그의 반지라고 한다면, 결혼을 했고, 아들이 있을 수도 있다. 확실히 반지는 그의 것이다. 다른 사람 반지를 끼는 경우는 없다.

아니다. 코라도가 그의 기사에서 말한다. 병원으로 옮기는 동안 아무 말도 하지 않았고, 의식이 없었으며, 실제로 이미 죽어 있었다. 집중적으로 발포하도록 어느 정도 역할을 한 경찰들이 그렇게 증명했다.

스피노는 펜을 들었고 좀더 흥미를 끄는 문장에 밑줄을 쳤다.

조사관들이 그의 사진을 이탈리아의 모든 경찰서로 보냈으나, 그의 신원은 경찰이 보관하고 있는 자료에 담겨 있지 않은 것 같다…… 청년이 반체제 조직에 가담하고 있었다면 그의 동료들이 어떤 식으로든 나섰을 것으로 추정된다…… 지금까지 진행된 수사 자료에 따르면, 청년이 테러분자라는 확실한 근거는 없다…… 검찰에서는 경찰이 입수한 정보가 폭력 조직들 사이에 일어난 복수전의 희생물일 수 있다고 추정한다…… 아직 신원이 파악되지 않은 이 사망자의 조사 과정에서 발견된 신분증은 토리노 출신의 I. F 씨의 것으로, 이 년 전에 분실했으며, 공식 폐기된 것이다…… 현재 경찰은 마지막으로 그의 자택 현관 문패에 특별한 혐의를 두고 있다. 플라스틱으로 만든 문패는 아무나 적당한 기계만 있으면 제작할 수 있는 것으로, 이렇게 쓰여 있다. 카를로 노보디(어제 잘못 보도한 대로 노볼디가 아님). 명백히 이것은 가명이며, 영어의 '노바디'('아무도 아님', 편집자 주)라는 단어를 차용했다는 혐의가 유력하다.

갑자기 반지가 떠올랐다. 그가 병원에 전화하자 파스콸레의 목소리가 답했다.

"그자가 반지를 아직 끼고 있나?"

"여보세요? 무슨 일이시죠?"

"스피노야. 시체에 아직도 반지가 끼워져 있는지 알고 싶네."

"어떤 반지? 무슨 얘길 하고 있는 건가?"

"됐네." 스피노가 말했다. "지금 가겠네."

"아무도 안 나타났나?" 스피노가 그에게 묻는다.

파스콸레는 고개를 저으며 그렇다고 표시한다. 그는 체념한 표정으로 눈을 천장으로 든다. 마치 죽은 자가 아직 거기 머물러 있다고 말하기라도 하듯. 옷은 작은 옷장에 있다. 과학수사팀이 별다른 관심을 보이지 않으며 거기 둔 것이다. 옷장을 좀 세심하게 잘 수색하지도 않았다. 그랬더라면 주머니에 든 사진을 발견했을 것이다. 그는 사진을 가리킨다. 그는 사진을 책상을 덮은 유리 아래에 끼워넣었다. 우표만 한 크기의, 밀착 인화지로 뽑은 스냅사진이다. 오래된 사진임에 틀림없다. 어쨌든 이 사진은 반드시 근무중인 경찰에게 제출해야할 것이다. 그러나 지금은 경찰이 없다. 아침나절에는 있었지만 긴급한 업무에 호출되었다. 순찰 근무도 하는 청년이다.

스피노가 생각했던 것과 반대로 반지를 빼는 것은 어렵지 않다. 손은 부어오르지 않았고 반지의 조그만 원은 손가락보다 넓은 것 같다. 다 그렇듯, 안쪽에는 이름과 날짜가 있다. 피에트로, 1939년 12월 4일. 파스콸레는 졸다가 정신을 차렸고, 호기심을 보였다. 캐러멜을 씹으며 알 수 없는 뭔가를 투덜거린다. 스피노가 반지를 보여주자 의혹에 찬 표정으로 그걸 들여다본다.

"근데 무얼 찾고 있는 건가?" 파스콸레가 속삭이듯 말한다. "이 사람이 누군지 왜 그렇게 관심이 많은가, 자네?"

8

그들은 파를라솔로 광장 종탑 아래에서 버스를 탔다. 시계는 여덟시를 가리키고 있었다. 일요일의 광장은 한산하다 못해 황량하다. 세 대의 버스가 엔진을 켠 채 열을 지어 서 있었다. 저마다 앞유리에 행선지를 가리키는 푯말을 붙여놓았다. 시계가 여덟 번을 쳤고, 운전수는 정확하게 그때 신문을 접었으며 자동문 개폐기를 작동시키고 기어를 넣었다. 그들은 운전사 쪽 앞자리에 자리를 잡았다. 사라가 창가에 앉았다. 뒤편에는 보이스카우트 아이들이 몰려 앉아 있었고, 통로 중간에는 정장을 입은 두 노인네가 있었다. 그리고 그들이었다.

사라가 빵을 챙겨왔다. 그녀는 표지에 돌 원화창이 실린 컬러 안내서를 무릎에 올려놓았다. 『근교의 로마네스크 교회들』. 그들은 반쯤 텅 빈 해안 길을 따라 달렸다. 신호등은 아직 작동하지 않았고, 운전수는 교차로에 이를 때마다 속도를 낮췄다. 꽃 시장을 지나자 그들은 넓은 나선형으로 가파르게 올라가는 너른 길로 들어섰다. 몇 분 뒤에 그들은 산중턱에 와 있었다. 거긴 벌써 시외 지역으로, 부서진 고대의 수로가 있었다. 한순간에 들판이 펼쳐졌다. 도로를 따라 숲과 과수원들이 늘어서 있었다. 올리브, 아카시아, 미모사 들이 계절에 맞지 않게 꽃을 피우려는 듯 보였다. 그것들 아래로 바다와 해안이 내려다보였다. 모두가 도시에서는 느끼기 힘든, 가벼운 증기로 뒤덮인 듯한 옅은 푸른색이었다.

사라는 눈을 감았다. 아마도 자는 듯했다. 스피노도 흔들림에 몸을 맡기고 눈을 지그시 감고 있었다. 보이스카우트 아이들이 마을의 첫번째 정거장, 봉헌 성상 앞에서 내렸다. 버스는 마을을 통과해서 광장으로 향하더니 포장도로 위의 노랗게 칠해진 장방형 구획선에 멈춰 섰다. 그들은 올라가기 전에 광장의 우유 파는 곳에서 커피를 마셨다. 의자 뒤편에 있던 아낙네가 호기심에 찬 눈으로 그들을 쳐다보았다. 그들은 지성소로 가는 길을 가르쳐달라고 하면서 그 호기심을 채워주었다. 아낙네는 충치를 드러내며 거칠고 약간은 투박한 사투리로 뭔가 말했다. 자기 딸이 일하는 식당이 맛도 좋고 가격도 적당하니 거기서 식사를 하는 게 어떠냐는 것으로 들렸다.

그들은 피에비 안내서에 표시된 길을 따라 올라가기로 했다. 안내서는 만과 배후지背後地의 광경을 스케치해서 보여주는, 경사가 심하지만 그림 같은 오솔길을 약속하고 있었다. 갑자기 붉고 하얀 종탑이 가시나무들 사이로 삐져나왔다. 사라는 스피노의 손을 잡아끌었다. 학교에서 도망쳐나온 어린 애들 같았다.

교회의 앞뜰은 돌로 포장되어 있고 돌 틈새로 풀이 자라나 있다. 낮은 벽돌담이 교회와 절벽 사이를 경계짓고 있다. 위쪽으로는 수평선이 만에서 만으로 넓게 펼쳐지고, 해풍이 저돌적으로 불어온다. 교회 현관 옆에 놓인 비석에는, 지성소에 보관된 성모 마리아 성상이 1325년 은총의 해에 바다까지 행진하여 옮겨졌고 계곡을 휩쓴 끔찍한 역병을 물리쳤으며 그

때부터 사람들은 성상을 만의 수호자로 추어올렸다, 라는 내용이 쓰여 있다. 부속 수도원의 주춧돌은 1325년 6월 12일에 놓였고, 비석은 그날을 기념하여 보존된다. 사라는 그에게 관심 좀 보이라고 재촉하면서 안내서를 소리 높여 읽었다.

해가 뜨거웠다. 빵을 먹기 위해 그들은 교회 앞뜰 구석의 풀이 무성한 빈터에 다리를 뻗고 앉았다. 석조 받침대 위의 철 십자가가 1918년 주교의 엄숙한 방문을 떠올리게 한다. ─'종전終戰과 승리에 감사하며'─ 이렇게 쓰여 있었다. 그들은 그곳에 있다는 기쁨을 만끽하며 아주 천천히 먹었다. 해가 해안에 엷은 빛을 남기면서 해각海角 뒤로 돌아가기 시작했을 때, 그들은 후진後陣[21] 곁의 측문을 통해 교회 안으로 들어갔다. 안에는 왼쪽으로 휴경休耕과 축제, 오른쪽으로 화재와 교수형을 배경으로, 빤한 비유적 표현을 채운 풍경 속을 백마를 탄 한 기사가 가로지르는 프레스코화가 하나 있다. 그들은 벽에 걸린 봉헌 기록장을 들춰보면서 본당을 이리저리 둘러보았다. 대부분 바다를 소재로 한 것들이다. 난파, 선원들을 폭풍에서 구하는 기적적인 장면들, 벼락에 맞아 삭구가 모두 부서진 돛배. 모두 성모 마리아의 중재를 통해 올바른 길을 찾고 있다. 성모 마리아는 광채를 발하는 구름에 온전히 싸여 있고, 머리에는 푸른 너울을 두르고 있으며, 오른손으로는 구름을 찢으면서 엄청난 격랑에 휩쓸린 배를 향해 보호의 몸짓을 취한다. 대중화된 도상 기법에 따른 것이다. 꾸밈없는 서법이 그림에 서원誓願의 문장들을 남겨놓았다.

그러다 종이 울렸고 수도원장이 오후 미사를 집전하기 위

21 교회당 제단 후방에 돌출된 반원형 또는 다각의 옥실.

43

해 제의실에서 나왔다. 그들은 한쪽 고해소 옆에 앉아 벽에 붙은 지침을 읽었다. 미사가 끝나자 제의실의 수도원장에게로 갔고, 미사제복을 벗고 있던 그는 그들을 자기 서재로 안내했다. 서재는 식당 건너편, 수도원의 주인 없는 여러 방과 맞닿아 있었다. 아마 조언을 구하는 나이든 신혼부부들이나, 어쩌면 호기심에 찬 여행자들이 그들에 앞서 수도원장을 방문했을지도 모른다. 수도원장은 그들을 소박한 방의 작은 소파에 앉도록 했다. 짙은 색 책상, 작은 오르간, 책으로 가득 찬 선반. 책상 위에는 책갈피 사이에 표시를 하기 위한 밤나무 잎과, 운명과 타로카드에 대한 책이 한 권 있었다. 그때 스피노는 죽은 사람 때문에 왔다고 말했다. 신부는 곧바로 알아들었고 부모나 아는 사람들이 있는지 물었다. 아무도 없습니다, 그가 말했다. 죽고 난 뒤에야 그 사람을 알게 됐습니다, 지금은 생선처럼 냉장고에 보관되어 있습니다만, 매장해줘야 하겠지요. 신부는 긍정의 표시로 고개를 끄덕였다. 신부는 그가 생각한 관점에서 듣고 있었다. 또 어쩌면 다른 사람의 말에서 신앙인으로서 자신의 동정심이 솟아올랐을 지도 모를 일이다. 그러나 그렇다고 무슨 말을 할 수 있겠는가? 그렇다. 그는 그를 알고 있었지만, 신상을 세세히 아는 건 아니었다. 그의 이름이 카를로라고 줄곧 믿고 있었다. 아마 진짜 이름이 그럴지도 모르겠다. 그가 해줄 수 있는 말은 그가 착하고 공부를 좋아하는 청년이었고, 돈이 없다고 해서 교단이 도와주었다는 정도였다. 신부는 그가 정말로 아르헨티나에서 태어났는지 확실히 몰랐고, 그가 그렇다고 말했기에 의심하지 않았다. 도대체 왜 의심한단 말인가? 수도원에 머문 두 달 동안 그는 엄청난 독서를 했고, 토론도 많이 했다. 그러다 공부를 계속하기 위해 도시로 옮겨갔고, 교단은 적절한 자선의 형식으로 그를 계속해서 도운 터였다. 신부는 그가 떠나서 슬퍼했다. 맑은 지성을 갖춘 청년이었다.

신부는 신부들이 흔히 그러듯 집요한 눈초리로 그들을 바라보았다.

"왜 그에 대해 알려고 하는 거죠?" 그가 물었다. "왜냐하면 그는 죽었고 나는 살아 있기 때문입니다." 스피노가 말했다.

왜 그런 대답을 했는지 잘 모른다. 그럴듯하게 할 수 있는 유일한 대답인 것 같았다. 왜냐하면 현실적으로 다른 이유가 없었기 때문이다. 그러자 신부는 책상 위에서 손을 깍지 끼었다. 팔이 늘어나자 하얀 신부복 아래로 손목이 드러났다. 손목도 하얗다. 손가락을 서로 엇갈려 꼬며 잠시 만지작거렸다. "나에게 편지를 썼지요." 신부가 말했다. "보여드려야 할 것 같소."

그는 서랍을 열어 스피노가 매일 보는 도시의 경관이 그려진 푸른 봉투를 꺼냈다. 그는 그것을 스피노에게 건넸고 그는 약간 어린애 필치의 큰 글씨로 쓰인 글을 두어 줄 읽었다. 그리고 누군가 그 편지를 읽은 적이 있는지 물었고, 신부는 그런 걸 찾아다니는 사람은 아무도 없다고 말하려는 듯 웃음을 지으며 고개를 저었다. "난 수사에 그다지 쓸모가 없는 것 같군요." 그가 말했다. "여기까지 올라오기가 굉장히 성가셨을 텐데."

그들은 그곳의 아름다움과 교회의 역사에 대해 가볍게 몇 마디 나눴다. 사라는 신부와 프레스코 벽화에 대해 즐거운 대화를 나누기 시작했고, 스피노는 그들이 기사, 천사, 죽음, 교수형과 같은 낱말을 줄줄이 열거하는 동안 그들의 해박함을 듣고만 있었다. 그는 그런 것들이 흥미로우며 타로카드의 인물들처럼 보인다고 하면서 책상 위의 책을 가리켰다. "신부님이 좋아하시리라고는 생각도 못해봤습니다." 그가 말을 이었다. "인생의 기이한 조합들에 대해 들려주는 책이지요."

신부는 미소를 지었고 너그러운 눈으로 그를 바라보았다. "하느님만이 존재의 모든 조합을 아십니다. 우리에게만 속하는 것은, 그러한 가능한 모든 조합 중에서 우리의 조합을 선택하는 일이지요." 그가 말했다. "그저 우리가 하는 일입니다." 그렇게 말하면서 신부는 책을 상대 쪽으로 밀었다.

그러자 장난으로 스피노는 책을 집어들어 무심히 아무 쪽이나 펼쳤다. 그가 말했다. "46쪽입니다." 점쟁이처럼 목소리를 엄숙하게 깔았다. 그가 첫 문단을 또박또박 읽었다. 재미난 얘기를 들으면 다들 그러듯, 그들은 거리낌없이 웃었다. 분명 그들의 웃음은 얘기가 끝났다는 의미도 되었다. 그들은 작별 인사를 했고 신부는 문까지 배웅했다. 하늘은 어두워지고 있었다. 마을 광장에서 곧 출발한다고 예고하는 버스 경적 소리가 들려왔다. 그들은 서둘러 내려갔다.

사라는 안도의 한숨을 쉬며 자리에 털썩 주저앉아 능숙하게 머리를 정돈했다. "우린 좀 쉬어야 돼." 그녀가 말했다. "좀 쉴 필요가 있다고." 그는 아무 말 없이 동의했고 머리를 뒤로 기댔다. 운전수는 실내등을 껐고, 버스는 속도를 높여 마을을 빠져나가 해안 도로를 따라 달렸다. 스피노는 눈을 감고 운명에 대해, 그가 읽었던 그 책의 문장에 대해, 그리고 인생의 무한한 조합에 대해 생각했다. 그가 눈을 떴을 때 버스는 벌써 깊은 밤 속을 항해하고 있었고, 사라는 그의 어깨에 머리를 기댄 채 잠에 빠져들어 있었다.

9

때로 코라도는 일이 너무 많을 때면 어린애처럼 뚱한 표정을 하고 책상 뒤에 처박힌다. 그런 그를 볼 때면 스피노는 코라도가 어떻게 그 냉소적인 신문 편집장 역할을 그렇게 잘 해낼까 하는 생각이 들었다. 코라도는 그들이 함께 영화에서 수도 없이 보았던 인물처럼 보였다. 스피노는 일요일에 그 마을에 다녀온 얘기를 들려줄 준비를 하고 신문사로 갔다. 조간신문은 월요일이면 늘상 그렇듯 거의 축구 얘기만 할 뿐 중대한 소식은 알리지 않았다. 그는 코라도에게 아마 사라가 짧은 휴가를 떠날 것 같은데, 자기를 사설탐정으로 고용해준다면, 다시없는 기회가 될 거라고 말하고 싶었다.

그러나 코라도가 검지와 중지로 두 개라는 표시를 하면서 "또다시"라고 말했을 때, 좋은 기분은 갑자기 사라졌고 말을 꺼낼 용기도 내지 못한 채 그의 말을 기다리며 주저앉았다.

"간밤에 경찰이 죽었어." 그가 말했다. 그리고 손으로 자르는 몸짓을 했다. 마치, 그렇지 뭐, 혹은, 얘기 끝, 이라고 말하는 듯 보였다. 침묵이 길게 흘렀고, 코라도는 더 할 얘기가 없다는 듯 서류를 뒤적거리기 시작했다. 그러다 안경을 벗으며 차분하게 말했다. "장례식이 내일 열릴 거야. 사체는 경찰서 시체안치소에 있어. 언론에 이미 공식 애도문이 나갔어." 서류를 책꽂이에 두더니 타자기에 종이를 한 장 끼웠다. "기사를 좀 써야 돼." 그가 말했다. "내가 직접 쓸 거야. 성가신 일은 질색이야. 그냥 순수한 보도문이야. 추측도 없고 장식도 없어."

그가 막 쓰려고 했지만 스피노가 한 손을 타자기 위에 얹었다. "들어봐, 코라도!" 그에게 말했다. "어제 그를 알고 있던 어떤 신부와 얘기를 했네. 그가 쓴 편지를 봤어. 명민한 사람이었더군. 얘기가 생각만큼 그리 단순하지 않아."

코라도는 벌떡 일어나 유리로 된 그의 작은 방에 달린 문으로 가서 문을 닫았다. "아하, 명민했단 말이지!" 그가 상기된 얼굴로 외쳤다. 스피노는 대답 없이 부인의 표시로 고개를 저었다. 이해하지 못하겠다는 듯이. 그러자 코라도는 잘 들어보라고 말했다. 가설은 오로지 두 개라는 것이다. 첫째 가설은 이렇다. 경찰들이 도착했을 때 죽은 사람은 이미 죽어 있었다. 키드는 현관문에서 죽었다. 자, 그와 경찰을 죽인 권총에서 총알이 여섯 발 발사되었고, 복도 끝 부엌 테라스에서 발견되었다. 어떻게 죽은 사람이 복도를 죽 가로질러 건물 뒤편으로 가서 테라스에 권총을 버린단 말인가? 그러니 이건 말이 안 된다. 둘째 가설은 이렇다. 권총을 든 누군가가 테라스에서 대기하고 있었다. 키드는 그걸 알았을 수도 있고 몰랐을 수도 있다. 그걸 확신하기란 불가능하다. 어느 순간에 경찰이 문을 두드렸고 키드는 조용히 가서 문을 열어주었다. 그 순간 권총이 어둠 속에서 빠져나와 키드와 경찰들을 향해 반복해서 불을 뿜었다. 그렇다면, 죽은 사람은 누구였나? 무지한 미끼인가? 똑똑한 미끼인가? 불쌍한 멍청이인가? 전혀 상관이 없는 누군가인가? 불쾌한 증인인가? 아니면 또다른 누구인가? 모든 가설이 가능하다. 테러리즘에 관계되는 일인가? 아마도. 하지만 다른 뭔가와 관련되었을 수도 있다. 복수, 사기, 비밀스러운 것, 공갈, 뭐든지. 아마도 키드는 모든 것의 열쇠일지 모른다. 하지만 그저 희생물일 수도 있다. 아니면 운명의 교차로에서 우연히 마주친 누군가인지도 모른다. 코라도는 한 가지에 대해서만은 확신을 가졌다. 그것은 다 놔주는 것이 더 낫다는 것이다.

"하지만 사람을 진공상태에서 죽게 놔둘 순 없어." 스피노가 말했다. "그건 사람을 두 번 죽이는 거야."

코라도는 일어나서 친구의 팔을 부드럽게 잡아 문까지 데려갔다. 그는 벽에 걸린 시계를 가리키며 화가 난 표정을 지어보였다. "자넨 대체 뭘 찾으려는 거야?" 그를 밖으로 내몰면서 그렇게 말했다.

10

산마르티노의 여름, 겨울이 벌써 가깝구나. 그가 어렸을 때, 누군가 그렇게 말했다. 부질없게도 스피노는 그게 누구였는지 떠올려보려고 애썼다. 휙 차가운 바람이 불어닥치는 플랫폼 위에서 손을 흔들며 그런 생각을 했다. 기차가 모퉁이에서부터 점차 확대되고 있었다. 그는 또 삼 일 안에 많은 것들이 일어날 수 있다고 생각했다. 그의 내면에서 어린애 목소리가 웃으며 말하고 있었다. 세 명의 어린 고아! 세 명의 어린 고아! 귀에 거슬리는 심술궂은 목소리였다. 하지만 어떤 먼 시간, 기억들의 혼란을 야기한 사건이 아니라 그 혼란을 간직하고 있던 그런 시간에서 채집된, 그에게는 낯선 목소리였다. 그는 나오면서 몸을 돌려 역사에 걸린 반짝이는 시계 문자판을 바라보았다. 그리고 속으로 말했다. 내일은 새로운 날이야.

사라는 휴가를 떠났다. 그녀의 학교에서 주최한 마조레 호수[22]로의 2박 3일 여행에 따라가라고 스피노가 충고한 터였다. 그는 그녀에게 두이노[23]에서 엽서를 몇 장 보내달라고 부탁했고 그녀는 공모자의 미소를 지었다. 그의 착오가 뜻하는 걸 이해했기 때문이다. 좀더 시간이 있었더라면 얘기를

22 이탈리아 북부와 스위스 남부에 걸친 호수.
23 이탈리아 북부 트리에스테 지방의 아드리아 해와 면해 있는 마을로, 릴케는 이에 영감을 받아 「두이노의 비가」를 완성한다.

나눴을 텐데. 한때 자주 나눴던 릴케 얘기를 말이다. 그는 릴케가 아버지의 사진을 주제로 쓴 시에 대해 얘기하고 싶었다. 그 시가 하루 종일 계속해서 기억났다는 말을 해주고 싶었다.

집에 돌아와 그는 부엌에서 도구들을 준비했다. 그가 암실로 사용하곤 하던 다락방보다 더 큰 공간에서 작업하기 위해서였다. 오후에는 현상액을 갖다놓았고 대형 상가의 원예 코너에서 플라스틱 통을 구입했다. 그는 식탁에 종이를 깔고 확대경을 최대로 맞췄다. 삼십 대 사십 센티미터의 사각형의 빛이 나왔고, 그는 거기에 자기가 아는, 믿을 만한 현상소에서 만든 밀착 사진의 네거티브를 올려놓았다.

그는 사진 전체를 현상했다. 밀착 사진이 너무 노출된 상태였기 때문에 확대경을 필요 이상으로 몇 초 더 켜두었다. 현상액 통에서 윤곽이 떠오르고 있는 듯했다. 마치 멀리 떨어진, 이제는 지나간, 회복할 수 없는, 어떤 실체가 부활되기를 주저하는 것처럼 보였다. 그 실체는 호기심에 찬 이방인의 눈에 어린 신성모독에 대해, 그것이 속하지 않았던 맥락에서 깨어나는 것에 대해 저항하고 있었다. 그 가족의 무리는 돌아오려하지 않는 듯 보였다. 낯선 사람의 호기심을 충족시키기 위해, 낯선 장소에서, 더이상 자기가 살던 시대가 아닌 어떤 다른 시대에서, 이미지들의 무대로 모습을 드러내려 하지 않는 듯 보였다. 그는 그렇게 느꼈다. 그는 또한 자기가 유령들을 깨우고 있으며, 그 가족이 오래전 어느 사진사에게 넘겨준 무방비의 자세로 부지불식간에 맺었던 강요된 공모, 애매한 타협을 화학化學의 천박한 모략으로 강탈하려 한다는 것을 깨달았다. 스냅사진이 지닌 은밀한 힘! 그들은 웃음을 짓고 있다. 그 웃음은 그들이 원하지 않아도 이제 그를 위한 것이다. 그들의 삶에서 반복할 수 없는 찰나와의 친밀성, 흐르는 시간 속에서 묽어지면서도 언제나 그 자체로 동일한 친밀성은 이제 그의 것이 되었다. 그의 부엌에 매단 끈에 현상액을 떨어뜨리며 매달린 채 언제라도 볼 수 있는 것이 되었다. 최대의 비율로 확대된 긁힌 자국이 그들의 육체와 그들의 풍경에 대각선으로 상처를 내놓았다. 그 상처는 부지불식간에 손톱으로 할퀸 자국이고, 사물이 불가피하게 닳은 자리이며, 그 얼굴들과 함께 거주했던 주머니와 서랍 속의 금속(열쇠, 시계, 라이터)의 흔적일까? 아니면 그 과거를 지우려는 어떤 손의 자발적인 표시일까? 그러나 그 과거는 어쨌든 이제 또다른 현재 안에 있고, 본래의 뜻과는 상관없는 해석을 하게 만든다. 근교 어느 소박한 집의 베란다. 계단은 돌로 되어 있고, 가냘픈 빛깔의 방울꽃이 달린 초라한 덩굴이 문틀을 감싸며 자라나 있다. 틀림없이 여름이다. 빛은 눈부시고 피사체들은 가벼운 옷을 입었다. 남자의 얼굴은 당혹스러운 표정이고, 또한 나른해 보이기도 한다. 소매를 말아올린 하얀 셔츠를 입고 대리석 탁자 뒤에 앉아 있다. 그의 앞으로는 유리 주전자가 있고 반으로 접은 신문이 거기에 기대어 있다. 분명 신문을 읽고 있던 그에게 순간의 장면을 찍으려던 사진사가 눈을 치켜뜨라고 외쳐댔을 것이다. 어머니는 문지방을 나오고 있고, 사진 속으로 막 들어왔다. 사진이 찍히는 줄도 몰랐을 것이다. 꽃무늬가 그려진 작은 앞치마를 하고, 삐쩍 마른 얼굴이다. 아직 젊지만, 젊은 시절은 지난 듯하다. 어린애 둘이 작은 계단 위에 앉아 있다. 서로가 서먹서먹하게, 떨어져 있다. 햇빛에 반사

된 머리를 두 갈래로 땋아내린 여자아이는 셀룰로이드로 테를 두른 근시 안경을 썼고 작은 나막신을 신고 있다. 천조각으로 만든 인형이 다리 사이에 끼여 있다. 남자애는 샌들을 신고 짧은 바지를 입었다. 무릎에 팔꿈치를 얹고 손으로 턱을 괴고 있다. 둥근 얼굴에 몇 가닥의 곱슬머리가 윤기를 내며 흘러내리고 무릎은 더럽다. 조끼 주머니에서는 새총의 갈라진 부분이 삐져나와 있다. 앞쪽을 바라보지만 눈은 렌즈에 고정되어 있지 않다. 마치 허공에서 어떤 허깨비를 쫓고 있는 것 같다. 사진 너머 또다른 피사체들은 모르는 하나의 사건이다. 그의 시선은 비스듬히 위쪽을 향하고 있고, 눈동자는 한 치의 오차도 없이 그쪽을 가리킨다. 아마도 구름을 보거나 나뭇잎을 바라보고 있는 것이리라. 돌이 깔린 샛길로 이어지는 곳, 베란다 지붕이 층층이 그늘을 드리운 오른쪽 구석으로 몸을 둥글게 감은 개 한 마리가 언뜻 보인다. 사진사의 눈은 개가 있든 없든 신경쓰지 않다가 우연히 틀 안에 개를 끼워넣었고, 사진은 개의 머리를 틀 밖으로 내놓고 있다. 여우를 닮은, 하지만 분명 잡종인, 검은 반점이 박힌 조그만 강아지다.

　저 이름 없는 사람들을 담은 평온한 스냅사진 안에 그를 불안하게 하는 뭔가가 있다. 그의 해석에서 벗어나는 듯한 어떤 것. 숨어 있는 신호, 외견상 무의미한 요소이면서 근본적인 것을 예견하기도 하는 요소. 그러다 그는 어떤 세밀한 것에 더 가까이 이끌린다. 주전자의 유리 때문에 일그러진, 남자가 앞에 반으로 접어놓은 신문의 글자는 이렇다. 수르Sur.[24] 홍

---

24 스페인어로 '남쪽'을 뜻하며, 부에노스아이레스에서 1931년 창간되어 1992년까지 발행된 잡지의 제목이기도 하다.

분이 이는 걸 느끼며 그는 속으로 되뇐다. 아르헨티나. 여기는 아르헨티나야. 왜 내가 흥분을 하고 있는 걸까? 아르헨티나가 대체 뭔데? 그러나 이제 소년의 눈이 무엇을 똑바로 바라보는지 그는 안다. 사진사의 등뒤로, 빨갛고 하얀 개인 별장이 무성한 잎들에 잠겨 있다. 소년은 덧문이 닫힌 창문 하나를 응시한다. 그 덧문이 서서히 반쯤 열릴 수도 있을 것 같아서. 그렇다면……

그렇다면 무엇인가? 왜 그는 이런 얘기를 생각하고 있는가? 그의 상상이 만들어내고 기억처럼 속여 안기려고 하는 이건 무엇인가? 그러나 바로 그 순간에, 만들어낸 것이 아니라 그의 내부에서 선명하게 부르는 어린애의 목소리가 실제로 들린다. "비스코토! 비스코토!" 비스코토는 어느 개의 이름이다. 다른 것일 수가 없다.

11

살리타 베키아 가의 끝에 이르자 도심은 내륙지역으로 흩어
지고, 언덕의 성벽이 시야를 막아 도저히 있을 것 같지 않은
거친 들판으로 퍼질러진다. 시멘트 용암이 이곳에는 아직 흘
러들지 않았고, 전쟁의 폭탄들을 저장해온 이십년대 건물들
이 살아남아 있다. 그와 함께 세월의 녹이 어떤 식으로든 품
격을 더해주고 있는 바로크식 프티부르주아의 소형 주택들
이 널려 있다. 그리고 좀더 소박한 작은 집들이 담과 텃밭에
둘러싸여 있고, 구역을 나누는 울타리 옆 여기저기로 누런 갈
대 덤불이 자라나 마치 시골처럼 보인다. 주요 도로 양옆으로
는 똑같은 모양으로 통일된 이층집들이 두 줄로 늘어섰는데,
돌계단이 외부로 돌출되어 있고 창문은 작다. 파시즘 시절에
지어진 집들이다. 이 구역은 공공기관의 직원, 관료, 일반 직
장인을 위한 거주지로 만들어졌다. 이곳에는 그 시절 그 세상
의 영광과 슬픔이 깃들어 있다. 그러나 경관상 온화한 뭔가가
있다. 자그마한 광장에 분수 하나와 화단, 그리고 녹슨 그네
몇 개. 장바구니를 든 나이 지긋한 아낙네들 둘이서 수다를
떠는 의자도 있다. 이렇게 무미건조하고 생기가 없는 부드러
움으로 인해 그곳은 비현실적으로 보인다. 그만큼 그가 찾고
있는 것은 있을 것 같지 않다. 아니 어쩌면 아예 존재하지 않

는지도 모른다. F. 포에리오, 재봉사, 카도르나 가 15번지. 전화번호부에 이렇게 나와 있다. 죽은 자의 재킷은 팔꿈치를 가죽으로 덧댄, 낡은 트위드 재킷이다. 십 년, 아마도 십오 년은 되어 보인다. 뭔가를 언어내기에는 너무나도 무의미한 흔적이다. 더군다나 같은 재봉사를 말하는지 누가 알겠는가. 이탈리아의 수많은 도시에서 재봉사 일을 하는 다른 포에리오도 얼마든지 있을 것이다.

그는 R. 카도르나 가를 따라서 나아간다. 참피나무가 늘어선 좁은 길이다. 주거지는 지난 시절 부의 흔적을 담은 이층짜리 조그만 별장들이다. 대부분 벽과 덧문에 새로 페인트칠을 해야 할 것 같다. 자그마한 정원들은 가꾸지 않은 표가 나고, 몇몇 창문 아래에는 빨래를 말리려고 걸어놓았다. 15번지는 장식을 붙인 철책이 둘러쳐진 집이다. 철책 위로는 돌보지 않은 덩굴이 있다. 현관 위를 덮은 차양의 쇠틀에도 장식이 있는데, 어딘가 동양의 냄새를 풍긴다. 유리 명패에 이렇게 쓰여 있다. 재봉사 포에리오. 원래 금박을 입혔던 글자들은 오래된 거울처럼 꺼칠꺼칠하고 자잘한 얼룩으로 가득했다.

포에리오 씨의 미소는 느낌이 좋다. 안경 렌즈가 두꺼워서 눈이 작고 멀리 있는 것처럼 보인다. 짓밟을 수 없는 천진함으로 무장한 듯 보인다. 이미 지나간 것을 돌아볼 정도로 나이가 들었음에 틀림없다. 유리문은 바랜 장밋빛으로 치장한 넓은 거실 쪽으로 열려 있다. 창문은 오밀조밀하고, 천장의 틀을 따라서 포도넝쿨이 그려져 있다. 가구는 방의 용도에 딱 맞다. 19세기식의 소형 소파, 짚으로 엮은 비엔나식 접이의자, 그리고 구석에는 재봉용 탁자가 있다. 거기다 마네킹들, 기둥 위에 세워놓은 토르소들이 딱히 기준이 없이 방 여기저기에 내버려져 있다. 잠시 동안 그는 이것들이 포에리오 씨의 손님들이라고 생각한다. 기꺼이 나무 마네킹이 되어버린 지난 시절의 존재들. 그중에는 모습이 진짜 사람과 닮은 것들이 있고, 거의 밤색이 된 장밋빛의 석고 얼굴도 있다. 어떤 것은 광대뼈나 코 위에 허옇게 껍질이 벗겨진 작은 자국들이 있다. 턱은 각이 지고 콧수염을 짧게 기른 남자들이다. 포마드 바른 머리를 석고로 재생하는 조발 모형들, 얇은 입술에 약간 초췌한 눈. 포에리오 씨는 그에게 모델을 고르기 위한 카탈로그 몇 권을 보여준다. 육십년대의 카탈로그임에 틀림없다. 바지는 꽉 끼고 재킷의 옷깃은 끝단이 길다. 그는 그중 덜 우스꽝스러운, 좀더 평이한 모델에 눈길이 멈춘다. 그리고 죽은 자의 재킷을 마네킹에 걸친 뒤 재봉사에게 관찰하게 한다. 이 비슷한 치수로 만들어달라고 하면 재봉사는 어떻게 생각할까? 포에리오 씨는 헤아려보더니 우물쭈물하다가 입을 비튼다. "그건 캐주얼재킷이군요." 의아스러운 말투다. "원하시는 대로 옷이 잘 나올 수 있을지 모르겠습니다." 스피노도 동의한다. 그러나 그 낡은 재킷의 마름질은 너무나 완벽해서 정장으로 입어도 손색없을 정도다. 그는 호주머니에 꿰매어 놓은 표찰을 보여준다. 포에리오 씨는 어렵지 않게 그걸 알아본다. 처음 보는 순간에 재킷을 기억하지는 못했지만, 분명 그의 표찰이다. 오래된 재킷이다. 평생 수많은 재킷을 만들었으니……

그는 그럴 수 있다고 말한다. 그런데 마음만 먹으면 뭔가 기억해낼 수 있지 않을까. 그러니까 영수증이나 옛날 장부 같은 것을 찾아낸다면…… 포에리오 씨는 잠시 생각한다. 그는 옷 끝부분을 엄지와 검지로 잡아 신중하게 옷감을 비벼본다. 한 가지는 확실하다. 이 재킷은 그가 육십년대에 만들었다. 그건 아주 확실히 말할 수 있다. 그 옷감은 작은 롤에 감겨 있던 것이다. 그는 분명히 기억한다. 말도 안 되는 가격으로 사고 남은 것이다. 창고에 처박힌 것이었고 공급자가 폐기 처분하려 했던 것이니까. 이제 포에리오 씨는 부쩍 의심스러운 눈초리다. 자기한테 무얼 원하는지 도대체 알 수 없는 것이다. "당신, 경찰이오?" 그가 묻는다. 갑자기 그가 경계의 자세로 돌아섰다. 분명 자기한테 해가 될 뭔가를 두려워하는 것이다.

그는 어떻게든 그를 안심시키려고 노력한다. 그는 아니라고 말한다. 그는 정말 옷을 원하는 것이니, 두려워할 필요 없다고, 아예 지금 바로 선불로 치르고 싶다고. 그리고 이상한 설명을 입안에서 우물거린다. 꽤나 복잡한 설명이다. 포에리오 씨는 전혀 알아듣지 못하는 모양이다. 요컨대 가능하다면 협조를 구한다는 얘기다. 그는 옛날 손님들 이름을 기록한 조그만 장부를 아직도 갖고 있다. 하지만, 아마도 대다수가 사망했을 테고, 사실상 팔 년 전부터 가게를 닫은 상태이며, 직원들을 해고했고, 연금을 받기 시작했다. 양복점을 계속해나 갈 이유가 별로 없었다.

"그러니까, 봅시다…… 그게 말입니다……" 그가 영수증 철을 뒤적이며 기계적으로 중얼댄다. "이게 59년 것인데, 하지만 60년에 주문한 것들도 좀 있고……" 그는 코에서 십 센티미터쯤에 영수증 철을 바싹 갖다대고 집중해서 읽는다. 안경을 벗은 그의 눈은 어린애 같다. "이게 맞는 것 같네요." 그가 어느 정도 확신하며 말한다. "정품 트위드 재킷. 이게 틀림없어요." 그는 잠시 멈춘다. '회계사 팔디니 굴리엘모. 티레니카, 델라 도가나 15.' 그는 영수증 철에서 눈을 거두고 안경을 다시 쓴다. 이제는 옷 한 벌 만들 깜냥도 나지 않는다고 말한다. 그의 시력은 바늘에 실을 꿰지도 못할 정도로 좋지 않다. 요즘 입는 옷들은 더더구나 엄두도 나지 않을 것이다.

12

회계사 팔디니는 먼지투성이 사무실에서 그를 맞이한다. 어두침침한 복도의 유리문에 걸린 윤기 없는 현판에 '티레니카 수출입'이라고 쓰여 있다. 창문으로 항구의 기중기들, 철판으로 만든 커다란 구조물, 그리고 기름으로 얼룩진 물에서 상하로 움직이는 견인선이 보인다. 회계사 팔디니는 창문으로 기중기와 컨테이너의 풍경을 바라보며 평생 먼 나라로 편지를 써온 사람의 얼굴을 하고 있다. 그의 책상은 유리 덮개 아래 끼워둔 엽서들로 빼곡하다. 등뒤의 현란한 달력이 그리스에서 휴가를 보내고 싶은 마음을 자극한다. 그는 가라앉은 분위기에 커다란 눈은 촉촉이 젖어 있고, 한때 유행했던 회색의 상고머리를 하고 있다. 그 낡은 재킷을 다시 본 그는 무척 놀란다. 오래전에 잃어버린 것이다. 딱히 몇 년 전인지 알 수 없다. 한 이십 년. 아마도.

"잃어버렸다는 말씀이죠?"

회계사 팔디니는 책상 위에서 연필을 돌린다. 견인선이 희푸른 물 얼룩을 남기며 창틀 안에서 움직였다. 말하기가 어렵다. 그는 모른다. 아니, 모른다고 생각한다. 말하자면 사라졌다는 것이다. 그런 것 같다. 멀리 항구로부터 경적 소리가 들려온다. 회계사 팔디니는 방문객을 일종의 호기심으로 바라본다. 분명 지금 자신의 옛날 재킷이 어쨌다는 것인지, 이 사람은 누군지, 그다음에는 어쩌자는 것인지 속으로 묻고 있는 것이다. 확신을 주는 것이 스피노에게는 대단히 어려운 일이다. 사실 시도하지도 않는다. 회계사 팔디니는 가라앉은 분위기로 그를 바라본다. 앞에 펼쳐놓은 장부책 위에는 사마르칸트[25]와 같은 꿈의 도시들을 의미하는 숫자들이 있다. 그곳에서는 사람들이 아마도 다른 모습으로 살아갈 것이다. 스피노는 진실을 말해줘야 한다고 느낀다. 진실 비슷한 뭐라도. 자, 이것이 진실이오. 일이 그렇게 되는 겁니다. 회계사 팔디니는 이해할까? 아마도. 또는 아마도, 앉아서 일하는 사람이 지니는 꿈을 그 자신이 잘 알 테니, 더 잘 알지도 모른다. 그러나 상관없다. 그래, 기억이 난다. 59년이었지. 아니면 60년. 그는 언제나 재킷을 거기 걸어두었다. 지금의 재킷을 두는 그곳, 문 뒤의 그 옷걸이에. 사무실은 정확히 그랬다. 지금과 똑같다. 그는 허공에다 알 수 없는 몸짓을 한다. 그의 기억과 단 한 가지 다른 것은 자신이다. 사마르칸트에 결코 가지 않았을 젊은 회계사 팔디니. 그리고 막일꾼도 있었다. 일종의 짐꾼이다. 그는 사무실에 자주 들락거렸다. 거의 모든 걸 처리했다. 일을 해야 했기 때문에 그런 일을 했다. 그러나 기억이 맞다면 그전에는 세관의 사무원이었다. 어쩌다 그 자리를 잃었는지는 모른다. 그의 삶에는 뭔지는 모르지만 커다란 불행이 있었다. 그는 과묵하고 예의 바른 사람이었다. 병에 걸린 건지도 모른다. 인부 일을 하기에는 맞지 않았다. 이름이 포르투나

---

25 우즈베키스탄 동부에 있는 중앙아시아 최고最古 도시로, 실크로드의 기지로 번영했으며 14~15세기 티무르 제국의 수도였다.

토[26]였지만, 다들 코르도바라고 불렀다. 이름이 때로는 반어법이 될 때가 있다. 성은 기억나지 않는다. 사람들이 그를 코르도바라고 부른 이유는 그의 출신이 아르헨티나인지 라틴아메리카의 어느 나라인지였기 때문이다.[27] 그래, 아내가 아르헨티나에서 죽자 그는 어린 아들을 데리고 이탈리아로 돌아왔다. 그는 말수가 적은 가운데서도 항상 어린 아들 얘기를 했다. 이곳에는 친척이 없었다. 그는 아들을 기숙사 학교에 넣었다. 정확히 말해 기숙사 학교가 아니라, 어린애들을 맡아 키우는 노처녀가 운영하는 하숙집이었다. 일종의 개인 학교지만 규모가 작았다. 어디였는지 모르겠다. 아마 산토 스테파노 교회 근처였다는 인상이 남아 있다. 애 이름은 카를리토였다. 코르도바는 언제나 카를리토 얘기를 했다.

옆방에서 전화 소리가 울린다. 회계사 팔디니의 말이 끊겼다. 현실로 돌아와서 문 쪽을 걱정스러운 눈빛으로 바라보다 장부로 시선을 옮긴다. 이제 그의 눈이 아침 시간이 빨리 지나가고 있다고 말한다. 스피노가 그 눈에서 수줍음과 당혹감을 읽어낸다. 좋다. 마지막이고, 이제 떠날 것이다. 그가 이 사진을 한 번만 봐주면 좋겠다. 여기 이 문가에 앉은 사람이 혹시 코르도바일까? 알아볼 수 있을까? 어린애는? 회계사 팔디니는 엄지와 검지로 조심스럽게 사진을 집어서 얼굴에서 멀찌감치 둔다. 노안이다. 아니오. 그가 말한다. 코르도바가 아닙니다. 그런데 이상한 건, 참 많이 닮았네요. 동생일지도 모

26 '행운이 따르는 사람'이라는 뜻.
27 코르도바는 아르헨티나 중북부에 있는 도시이자, 에스파냐 안달루시아 지방에 있는 도시 이름이기도 하다.

르겠군요. 하지만 코르도바에게 동생이 있다는 건 모릅니다. 그는 어린 카를리토를 본 적이 없다.

이제 회계사 팔디니는 연필을 신경질적으로 만지작거린다. 마음이 어수선해 보인다. 그래, 오해를 받고 싶지 않은 것이다. 그러니까, 사물들, 우리 사물들은 언제나 제멋대로다. 이리저리 돌아다니고, 기억마저 배반한다. 어쩌다 기억에서 멀어졌을까. 어쨌든, 이제 그는 완벽하게 기억한다. 그가 그 재킷을 코르도바에게 주었다. 어느 날 선물로 주었다. 코르도바는 언제나 행색이 초라했다. 그는 반듯한 사람이었다.

13

"사람들은 내가 미쳤다고 그래. 이 많은 고양이들하고 혼자 사니까. 하지만 그게 무슨 상관이람. 근데 당신 말예요, 문으로 들어오지 않았수? 현관문 말이야. 시청 트럭이 회전을 하다가 죄다 긁어놨길래 페인트칠 다시 해놓으라고 했거든. 얼마 전에 일어난 일이라우. 나보다 더 잘 아는 일 아니우, 안 그러우? 어쨌거나, 분명히 카를리토 기억이 나요. 하지만 당신 사진에 있는 어린애가 그 애인지는 모르겠네. 보자, 그 애로 보기에는 여긴 너무 금발인 거 같아. 이건 말이 안 되는데. 내가 이 집에서 데리고 있었을 때 카를리토는 명랑한 아이였어요. 땅에 있는 작은 것들을 좋아했지. 말벌, 개미, 반딧불, 퍼렇고 누런 풀쐐기, 눈이 불쑥 튀어나온 것, 털이 부숭부숭한 것……"

다리 사이에서 몸을 둥글게 말고 있던 고양이가 부르르 떨더니 펄쩍 뛰어 달려간다. 그녀도 일어난다. 아직 사진을 다 갖고 있다. 그녀는 절대 아무것도 버리지 않는다. 물건을 간직하길 좋아한다. 서랍 하나에서 엽서, 리본, 염주, 자개 앨범을 꺼낸다. 둘이서 보면 더 잘 보인다며 자기와 함께 앨범을 들춰보자고 한다. 난간에 기대선 무뚝뚝한 남자들의 누런 사진들이 있다. 피사체들의 발아래 사진사의 이름이 인쇄되어 있다. 그리고 1918년 비토리오 베네토라고 기울여 쓴 헌사와 함께 불행한 표정의 보병, 등나무 의자에 앉은 할머니, 마차들이 달리는 피렌체 거리, 교회, 무척 멀리서 사진이 찍힌 어느 가족, 하얀 장갑을 끼고 두 손을 맞잡은 계집애. 최초의 공동체의 기억이다. 비어 있는 페이지들도 있다. 눈이 우수에 젖어 있는 개, 여자의 필체로 어느 여름의 향기라고 쓰인 덧문을 덩굴이 휘감고 있는 어느 집. 마지막 페이지에는 한 무리의 아이들이 있다. 어느 조그만 마당에서 피라미드 형태로 줄을 섰다. 앞 열은 웅크리고 있고, 다음 열은 섰으며, 마지막 열은 아마 의자 위에 올라서게 한 것 같다. 그는 그들을 세어본다. 스물네 명이다. 그들 오른편으로 그 당시의 엘비라 여사가 손을 맞잡고 서 있다. 정말 그다지 변하지 않았다. 그들은 얼굴을 정상적으로 알아볼 수 없을 정도로 렌즈에서 너무 멀리 자리를 잡았다. 그가 찾는 이미지와 약간이라도 흡사하게 보일 수 있는 유일한 사람은 첫번째 열의 금발 소년이다. 몸의 자세가 같다. 무릎에 팔꿈치를 기대면서 한 손으로 턱을 받치고 있다. 하지만 확인은 불가능하다.

엘비라 여사는 그 어린애의 아버지를 기억하는가? 아니다. 아버지를 기억하지 못한다. 죽었다는 것만 안다. 어머니도 죽었다. 애한테는 아저씨 하나만 남았다. 하지만 이름이 카를리토인 것은 확실한가? 엘비라 여사는 카를리노라고 기억하는 듯하다. 어쨌든 그게 그거다. 그는 쾌활한 아이였고, 땅의 작은 생물들을 좋아했다. 말벌, 개미, 반딧불, 퍼렇고 누런 풀쐐기……

이렇게 아무것도 찾지 못한 채 그는 또다시 헤매고 있다. 이런 좁은 골목의 담은 그가 결코 아무런 보상도 얻어내지 못할 거라고 장담하는 것만 같다. 마치 빈 상자와 속임수로 만든 거위 게임[28]의 행적을 보여주는 것 같다. 그 속에서 그는 어느 지점에선가 바퀴가 멈추고 주사위가 모두에게 행운을 주는 숫자를 보여주리라 희망하면서 계속해서 돌고 있는 것이다. 그러는 동안 그 너머에는 바다가 있다. 그는 바다를 바라본다. 그 너머로 배들의 형체, 몇 마리의 갈매기, 구름이 지나간다.

---

28 주사위를 굴려 1번부터 100번까지 쓰인 방을 지나가는, 뱀주사위 놀이와 흡사한 게임.

14

이 도시의 질투나는 아름다움이 자신을 드러내는 듯한 날들이 있다. 예를 들어 바람이 부는 맑은 날, 그럴 때에는 남서풍의 도래를 예고하는 미풍이 부푼 돛처럼 펄럭펄럭 소리를 내면서 거리를 휘감는다. 그러면 집과 종탑들은 너무나도 현실적인 선명함과 너무나도 날카로운 윤곽을 드러낸다. 명암이 뚜렷한 사진처럼, 빛과 그림자는 서로 섞이지 않은 채 횡포하게 충돌한다. 골목길과 작은 광장에 검고 하얀 체크무늬 얼룩을 그리면서.

옛날에는 할 일이 아무것도 없을 때 이런 날을 택해 오래된 선착장을 배회하곤 했다. 그런데 도시로 돌아오면서 방파제를 따라 철도 보선용 수레들이 다니는 막다른 선로를 걷다보니 어느새 그 시절에 대해 생각하고 있었다. 환상環狀 도로의 터널을 통해서 도시로 들어오는 전차를 탈 수도 있었지만, 부두의 복잡한 길을 따라 선착장을 가로지르기로 했다. 타이어를 들고 거룻배 옆에서 다이빙을 하던, 어린 시절을 떠올리게 하는 철도의 그 음울한 풍경 속에서 건들거리고 싶은 마음이 있었다. 그 가난한 여름의 기억은 하나의 상처로 내부에 새겨져 있다.

한때는 증기선을 수리하곤 했던 폐쇄된 조선소에서, 그는 스웨덴 배의 잔해가 모로 누워 있는 것을 보았다. 배 이름은 울라Ulla. 이상하게도 그 누런 글자들은 페인트에 거대한 갈색 얼룩을 남긴 채, 선체를 파괴한 불길을 모면했다. 그 괴물이 생명이 꺼져가면서도 선착장 한구석을 계속해서 점령해왔을 것 같았다. 잠시 후에 그는 돌쩌귀가 벗겨진 전화 부스를 발견했다. 그는 이 광경을 알려주기 위해 코라도에게 전화를 하려고 했다. 더군다나 그에게 알리는 것이 옳다. 그 만남이 이루어진 건 어쨌거나 그의 덕분이었다.

"코라도." 그가 말했다. "나야. 그 사람하고 마침내 얘기를 나눴네."

"자네 어딘가? 왜 그렇게 사라진 건가?"

"사라진 거 없어. 나 선착장이야. 걱정 말게."

"사라가 찾았어. 여기 신문사에 메시지를 남겼어. 여행을 삼 일 연장한다고 하더군. 스위스로 간다던데."

얼마 전부터 맴돌던 갈매기가 전화 부스 바로 옆에 있는 물펌프 손잡이 위에 앉았다. 갈매기는 부리로 깃털을 고르면서 조용히 그를 바라보았다.

"내 옆에 갈매기가 한 마리 있어. 바로 여기 전화 부스 옆에 말이야. 날 알아보는 것 같아."

"무슨 얘길 하는 거야? ……이봐, 어디서 그 사람을 찾았어? 그 사람이 뭐라 하든가?"

"지금은 설명할 수 없어. 여기 갈매기가 귀를 쫑긋하고 있단 말이야. 틀림없이 스파이야."

"바보처럼 굴지 마. 지금 어딘가? 그 사람 어디서 만났어?"

"말했잖아. 나 지금 선착장이야. 우린 보트 클럽에서 만났지. 빌려주는 보트들이 있어서 우린 그걸 타고 나갔지."

코라도의 목소리가 잦아들었다. 아마도 누군가 사무실에 들어온 듯했다. "그 사람 믿지 말게." 그가 말했다. "손톱만큼도 믿지 말라고."

"믿고 안 믿고의 문제가 아냐. 그 사람은 조언해줬고 난 생각중이야. 그 사람은 사건에 대해 전혀 몰라. 그렇지만 뭔가를 아는 사람이 있어. 그 사람이 그게 누군지 말해줬네."

"누군데?"

"말할 수 없다고 했잖아. 전화로 말하고 싶지 않네."

"여기 아무도 자네 말 못 들어. 내 전화로는 말해도 돼. 그게 누군지 말해봐."

"이봐, 그 사람이 나한테 이름을 가르쳐줬다고 생각하는 거야? 정말 똑똑한 사람이야. 그냥 암시만 했다니까."

"그럼 자네가 나한테도 암시를 줘봐."

"자넨 모를 거야."

"자넨 어떻게 알았나?"

"우연히 몇 년 전에 알았던 사람이거든. 음악가야."

"어디서 연주하는데?"

"제발, 코라도! 아무것도 말할 수가 없네."

"어쨌든 이런 식은 마음에 안 들어. 자넨 너무 고지식해. 알겠나? 그건 늪이야. 어디다 발을 디뎌도 빠질 위험이 있단 말이야."

"미안해 코라도! 잘 있게. 늦어지고 있어. 갈매기가 짜증을 내고 있네. 이놈이 전화를 쓰고 싶어해. 부리로 화가 났다는 표시를 하고 있단 말이야."

"빨리 오게. 신문사에서 기다리지. 집에 안 가고 자넬 기다리겠네."

"내일은 어떤가, 응? 오늘은 피곤해. 게다가 저녁때 할 일이 하나 있어."

"아무도 믿지 않겠다고 약속하게."

"알았어. 내일 통화하세."

"잠깐 기다려. 자네가 관심 가질 만한 얘기를 하나 들었어. 검시관이 매장 날짜를 잡았어. 일이 정리되어가는군."

15

이십 년 전 트로피칼레는 미국 선원들이 드나들던, 수상한 분위기의 조그만 나이트클럽이었다. 지금은 루이지애나라고 부른다. 의자 몇 개와 탁상 램프가 놓인 피아노 바. 현관문 옆에 붙여놓은 녹색 벨벳 게시판의 음료 리스트 위에 이렇게 쓰여 있다. 피아니스트 페페 하르포.

페페 하르포는 주제페 안토니오 아르페티를 말한다. 1929년 세스트리 레반트에서 태어났고, 습관성 약물 과다처방으로 1962년, 의사들의 명단에서 아예 삭제되었다. 대학 시절에는 조그만 파티에서 피아노를 연주했는데, 재주가 뛰어나 에롤 가너[29]를 완벽하게 흉내냈다. 약물로 물의를 빚은 뒤에 트로피칼레에서 연주하기 시작했다. 술 한 잔에 오백 리라를 받고 담배 연기 자욱한 저녁 내내 맘보와 팝을 두드렸다. 비상구는 커튼 뒤 계단통으로 연결되었고, 그곳에는 가격표와 함께 문 위에 걸쳐진 네온사인에 이렇게 쓰여 있었다. '펜션-치머-룸.'[30] 그리고 언제인가 육칠 년 동안 사라졌다. 다들 미국에 갔다고 말했다. 다시 나타났을 때에는 둥글고 작은 안경

---

29 Erroll Garner(1923~1977). 미국 재즈계의 거장 피아니스트이자 정통 재즈로 유명한 〈Misty〉(1954)의 작곡가.
30 Pensione-Zimmer-Rooms. 각각 '방'을 뜻하는 이탈리아어-독일어-영어.

을 쓰고 회색 콧수염을 기르고 있었다. 재즈 피아니스트 폐폐 하르포가 된 것이다. 그의 귀환과 함께 트로피칼레는 루이지 애나가 되었다. 누군가는 그가 거길 인수했다고 말한다. 미국 오케스트라에서 연주를 하며 돈을 벌었다는 것이다. 그가 돈을 벌었다는 것에 대해 사람들은 있을 법한 일이라고 여겼다. 그럴 능력이 있는 듯 보였다. 그러나 많은 사람들은 피아노를 두들겨 돈을 벌었다는 사실을 이해할 수 없었다.

스피노는 구석의 테이블에 앉아서 진토닉을 주문했다. 하르포는 〈자그마한 스페인 동네에서〉[31]를 연주했다. 스피노는 그가 자기가 들어온 것을 알아채지 못했다고 생각했다. 그러나 잠시 후 주문한 음료가 왔을 때 계산서가 따로 없었다. 그는 진토닉을 천천히 홀짝거리고 오래된 멜로디를 들으며 혼자 오랫동안 앉아 있었다. 그러다 열한시쯤에 잠시 쉴 시간이 되자 하르포는 피아노를 댄스 음악 테이프로 바꿨다. 스피노는 하르포가 탁자 사이로 다가오는 동안 얼굴에 후회와 함께 결심이 선 표정이 어려 있다는 인상을 받았다. 마치 이렇게 생각하는 것 같았다. 다 물어봐라, 하지만 이것만은, 이것만은 말해줄 수 없다. 그는 그걸 알아. 어떤 목소리가 그의 내면에서 속삭였다. 하르포는 그걸 알아. 한순간 스피노는 어린애 키드의 사진을 탁자에 내놓고 아무 말도 하지 않을까 생각했다. 그가 아는 걸 아는 사람의 교활한 분위기로 미소를 지으면서 말이다. 하지만 반대로 그는 하르포가 신세를 갚아야 할 때가 온 것 같다고 그냥 말해버렸다. 직설적으로 말해서 미

---

31 In a little spanish town, 1926년 미국의 첫 여성 히트곡 발표자인 마벨 웨인Mabel Wayne(1904~1978)이 작곡한 대중가요.

안하지만, 예전에 자기가 도와줬던 것처럼, 어떤 사람을 찾고 있는데 이번에는 자기를 도와줬으면 한다고. 진짜로 놀란 듯 얼빠진 표정이 하르포의 얼굴에 스쳐지나갔다. 그는 아무 말도 하지 않고 기다렸다. 그래서 스피노는 단체 사진을 꺼냈다. "이 사람이야." 그가 어린애를 가리키며 말했다.

"자네 친척인가?"

그가 아니라는 뜻으로 고개를 저었다.

"누군가?"

"몰라. 내가 알고 싶은 바야. 아마 이름이 카를리토인가봐."

하르포는 의심에 찬 눈초리로 그를 바라봤다. 속임수가 아닐까 생각하는 것 같기도 하고 조롱을 당하지 않을까 불안한 것 같기도 했다. 이 사람들 미쳤나? 다들 오십년대 옷을 입고 있잖아. 오래된 사진이로군. 그러니 그 어린애는 지금 성인이겠군.

"아주 잘 이해했네." 스피노가 말했다. "지금은 수염이 검게 자라고, 머리도 검게 됐지. 이젠 사진처럼 그런 금발이 아냐. 하지만 얼굴엔 어릴 적 뭔가가 아직 남아 있어. 이 사람은 며칠 동안 내 냉장고 안에 있지. 그를 알았던 사람들은 침묵하고, 모르는 사람인 척 전화해도 전혀 대꾸가 없어. 마치 이 사람이 전혀 살았던 적이 없었다는 듯이 말이야. 그의 과거를 지우고 있어."

하르포는 뭔가 불안한지 주변을 둘러보았다. 한 쌍이 옆 테이블에서 그들을 재미있다는 듯 주시하고 있었다. "언성을 높이지 말게." 그가 말했다. "손님들을 방해해선 안 된단 말이야."

"내 말 좀 들어봐, 하르포!" 그가 말했다. "누군가 앞으로 나아갈 용기를 내지 않는다면 결코 이해하지 못할 거야. 일생 동안 이유도 모른 채 혼자 즐기다 갈 수밖에."

하르포는 웨이터를 불러 마실 것을 주문했다. "그런데 이 사람은 자네에게 누군가?" 그가 낮은 목소리로 물었다. "모르는 사람이야. 자네 인생에 아무런 의미가 없어." 그는 나지막하게 말하고 있었다. 불안한 듯, 손을 신경질적으로 만지작거렸다.

"그럼 자네는?" 스피노가 말했다. "자네는 자네에 대해서 누구인가? 언젠가 그걸 알고 싶은 생각이 든다면 옛날 서랍들을 뒤지고, 다른 사람들한테서 증거를 확보하고, 여기저기 흩어지고 사라진 단서들을 주워 모으고, 그렇게 사방에서 자신을 찾으면서 자네 자신을 재구성해야 한다는 걸 아는가? 자넨 완전히 어둠 속에 있어. 더듬으며 나아가야 할 거야."

하르포는 여전히 낮은 목소리로 주소를 하나 주며 확신은 없지만 찾아가보라고 말했다. 그의 얼굴에는 이것으로 빚은 완전히 청산되었다고 쓰여 있었다.

16

'에글레의 집.' 누군가에게 들었는데, 오래된 파이 하우스란
다. 벽은 하얀 타일로 덮였는데, 함석을 씌운 카운터 뒤에서
는 에글레 여사가 작은 장작 화로 앞에서 부산을 떨면서 케
이크와 파이를 팔고 있었다. 스피노는 작은 대리석 테이블에
앉았다. 침거하는 수녀처럼 야윈 모습으로 회색 앞치마를 두
른 여종업원이 앞 손님이 남긴 빵부스러기를 치우러 행주를
들고왔다. 그는 이집트 콩 파이를 주문했다. 그리고 나서 지
시를 받은 대로 신문 『가제타 우피치알레』를 잘 보이도록 펼
쳐놓았다. 그리고 손님들을 관찰하며 그들이 누굴까 생각에
잠겼다. 옆 테이블에서는 두 명의 금발 아줌마가 소리를 죽
여가며 수다를 떨고 있었다. 간간이 자지러지는 웃음을 터뜨
렸다. 조악하고 비싸 보이는 옷을 입은 것이 부유한 티가 난
다. 수입을 잘 관리해왔고 이제는 가게라도 하나 운영하거나
아니면 전직에 관련된 사업을 하는, 근사한 외모로 고상을 떠
는, 은퇴한 창녀들일지도 모른다. 한구석에는 헐렁한 재킷에
싸인 어벙한 건달이 잡지를 읽느라 정신이 없다. 잡지 표지
에는 오렌지색의 길고 헐렁한 옷을 입은 뚱뚱한 사내가 자기
앞에 놓인 파이 접시를 손가락으로 가리키며 경고하고 있다.
그리고 기운이 넘쳐 보이는 자그마한 노인이 있다. 머리는 검

게 염색을 했는데, 값싼 염색약을 쓰면 종종 그러듯, 관자놀이 부근에 붉은 기가 돌았다. 노인은 조잡하게 야한 넥타이를 했고 작은 구멍 자국을 낸, 갈색과 흰색이 섞인 구두를 신고 있다. 노련한 장사치, 뚜쟁이, 모험을 불사하는 미친 정열의 홀아비? 다 가능한 얘기다. 마지막으로 카운터에 기대앉은 홀쭉한 사내. 에글레 여사와 잡담을 나눈다. 위쪽 치열에 거대한 치간을 드러내며 벙글거린다. 얼굴은 말 같고, 머리는 기름을 발라 넘겼으며, 재킷은 앙상한 손목을 덮기에 모자라고, 작업복 바지를 입었다. 에글레 여사는 홀쭉한 사내가 집요하게 요구하고 있는 뭔가를 거절하고 싶어하는 듯 보인다. 그러다 항복한다는 표시를 하고 카운터 구석에 놓인, 아마 장식 기능만 하는 듯 보이는, 덜덜거리는 축음기 위에 레코드판을 얹는다. 쉰 소리를 내는, 분당 78회전 레코드판이다. 밴드가 두어 번 파열음을 내더니 레코드판 홈에서 나오는 지지직거리는 소리 뒤로 가성의 목소리가 묻어나온다. 믿을 수가 없다. 라발리아티가 노래하는 〈카피네레 탱고〉[32]다. 홀쭉한 사내가 웨이트리스에게 협조해달라는 손짓을 한다. 그러자 그녀는 거절은 하지 않지만 영 무뚝뚝한 표정으로 긴 보폭의 탱고 스텝에 끌려나온다. 즉시 손님들의 눈길을 끈다. 여자가 기사의 가슴에 뺨을 댄다. 그녀의 키가 닿을 수 있는 최대의 높이다. 그러나 그가 실내를 휘저으며 공격적으로 그녀를 리드하는 동안 힘이 넘치는 그 스텝을 따라가느라 그녀는 대

---

32 Il tango delle capinere. 이탈리아 가수 알베르토 라발리아티Alberto Rabagliati 가 1940년대에 발표한 탱고풍의 칸초네로, 수많은 가수들이 불렀다. '카피네레 capinere'는 검은머리꾀꼬리 무리를 가리키는 동시에, 사형선고시에 판사가 썼던 검은 모자에서 유래해 사형자들을 연상시키는 블랙캡의 의미도 있다.

단히 힘에 겨운 모습이다. 그들은 유연한 자세로 춤을 마친다. 모두들 박수를 친다. 스피노도 손뼉을 친다. 그리고 접시를 밀어놓고 『가제타 우피치알레』를 읽는 데 몰두하는 척한다.

한편 길고 헐렁한 옷을 입은 건장한 사내는 잠이 덜 깬 표정으로 일어나더니 계산을 한다. 아무한테도 눈길 한번 주지 않고 나가는 품이 머리에 너무 많은 생각을 넣고 있는 듯 보인다. 두 명의 금발 몸집은 화장을 고친다. 필터에 루주가 묻은 담배 두 대가 재떨이에서 타고 있다. 그들이 낄낄대며 자리에서 일어난다. 아무도 스피노에게, 또 그가 읽은 신문에 특별한 관심을 보이지 않는다. 그가 신문에서 눈을 들자 그 기운찬 노인과 시선이 엇갈린다. 강렬한 눈빛을 오랫동안 주고받는다. 스피노는 손바닥에 가벼운 땀이 맺히는 걸 느낀다. 그는 신문을 접고 그 위에 담뱃갑을 놓으며, 첫번째 동작을 기다린다. 아마 노인도 뭔가를 할 것이라고 그는 생각한다. 하지만 뭔지는 모른다. 그러는 동안 여종업원이 테이블을 치웠고, 바닥에 축축한 톱밥을 뿌리고 자기보다 키가 큰 빗자루로 타일을 따라서 쓸어내기 시작한다. 에글레 여사는 카운터 뒤에서 돈을 세고 있다. 실내에는 침묵이 깔리고, 공기는 내쉬는 숨과 담배, 그리고 타는 나무로 숨쉬기가 힘들다. 그러는데 그 다부진 작은 노인이 빙그레 웃는다. 진부하고 기계적인 웃음. 거기다 머리를 가볍게 끄덕이며 다 안다는 듯한 몸짓을 해보인다. 스피노는 그가 노인에게 품게 만들었던 오해를 깨닫고 금방 당혹스러움으로 낯을 붉힌다. 그리고 이어 이곳과 자신의 얼빠진 처신에 대한 참기 힘든 분노가 자기도 모르게 안에서 올라오는 걸 느낀다. 그는 손짓을 해서 종업원을 부르고 계산을 한다. 그녀는 앞치마로 손을 닦으며 피곤한 기색으로 다가온다. 그녀는 종이 냅킨 위에 계산서를 얹어놓는다. 손이 손등에 붙은 톱밥 때문에 부어오르고 빨개졌다. 빵가루를 묻힌 소고기처럼 보인다. 그녀는 그를 오만한 눈길로 바라보며 밋밋한 음성으로 우물거린다. "당신 머리카락이 빠지고 있네요. 식사 후 독서는 머리카락을 빠지게 하지요." 스피노가 깜짝 놀라 그녀를 바라본다. 자신이 들은 것을 믿을 수 없다는 듯. 이 여자일 리가 없어. 그는 생각한다. 그럴 리가 없어. 계속해서 거만하게 자기를 내려다보는 그 괴물을 공격하지 않도록 자신을 추슬러야 할 정도다. 하지만 그녀는 전문가다운 담담한 어조를 유지하며 그에게 비코 스파차벤토에서 두발 관련 허브 제품들을 파는 가게 주인에 대해 말하고 있다.

17

비코 스파차벤토[33]는 흉터로 덮인 벽에 갇혀 찌부러진 이 막다른 골목에 완벽하게 어울리는 이름이다. 하늘에 난 오솔길처럼 높다랗게 펄럭거리는 빨래들 사이로 한줄기 햇빛이 비쳐 든다. 바람은 햇빛을 받고 있는 마른 꽃다발, 신문, 나일론 스타킹 같은 한 무더기의 파편들에 회오리를 일으킨다.

가게는 여닫이문이 달린 어두운 곳이다. 탄광 같다. 문에 달린 현판에 '약재, 물감'이라고 쓰여 있긴 하지만, 알고 보면 석탄 더미들이 바닥에 쌓여 있다. 카운터 위에 물건을 포장하는 데 쓰는 신문이 한 뭉치 놓여 있다. 석탄 옆 작은 밀짚 의자에서 졸고 있던, 체구가 자그마한 노인이 몸을 일으켰다. 스피노가 먼저 인사했다. 노인은 우물거리며 안녕하시오 했고, 나른하고 멍한 모습으로 카운터에 기대섰다.

"여기서 헤어로션을 판다고 들었습니다." 스피노가 말했다.

노인은 입에 붙은 대답을 하며 카운터에 가벼이 기댄 채 몸을 내밀어 그의 머리를 쳐다보았다. 그리고 졸펙스, 카트라미나처럼 이름이 재미난 제품들을 열거했다. 식물과 뿌리도 언급했다. 샐비어, 쐐기풀, 대황, 붉은 시트론. 노인은 머리카락

---

33 '바람이 휩쓸고 가는 골목'이라는 뜻.

을 분석해봐야 알겠지만, 척 보기에 레드 시더가 좀 필요할 거라고 생각한다.

그는 잘 모르지만 레드 시더가 좋겠다고 대답했다. 사실 그는 레드 시더의 효능을 알지 못한다.

노인은 의심스러운 눈초리로 그를 바라보았다. 금속 테의 조그만 안경을 썼고 수염은 이틀쯤 깎지 않은 듯했다. 그는 아무 말도 하지 않았다. 스피노는 불안에 사로잡히지 않으려고 애를 썼다. 그는 자기 머리카락이 어떤지 잘 모르지만 그저 잘 부서지고, 어쨌든 상품이 아니라 특별한 로션을 원한다고 침착하게 설명했다. 그는 가게 주인 혼자만 알고 있는 그 특수한 용어를 강조했다. 그리고 잘 아는 사람들이 알려줘서 왔으며 그들이 그런 것에 대해 왜 일러주지 않았는지 이상하다고 말했다.

노인은 커튼을 젖혔고, 기다리라고 말한 뒤 사라졌다. 그는 잠시 동안 가스난로와 조그만 등이 켜져 있는 비좁은 실내를 둘러보았다. 아무도 보이지 않았다. 노인이 스피노에게서 몇 미터쯤 떨어진 곳에서 속삭이듯 입을 열었다. 그러자 여자, 아마도 할머니의 목소리가 대답했다. 그러다 그들이 입을 다물었다. 그리고 아주 낮은 소리로 다시 말을 이어갔다. 뭐라고 하는지 이해할 수 없었다. 잠시 후 서랍이 열리는 것 같은 삐걱거리는 소리가 들렸고, 다시 침묵이 찾아들었다.

몇 분이 지루하게 흘렀다. 그쪽에서는 조그만 소리도 들리지 않았다. 마치 그 둘이 자기를 멍청하게 기다리게 해놓고서 다른 문으로 나가버린 것만 같았다. 스피노는 들으라는 듯 크게 기침을 하고 의자를 움직여 소리를 냈다. 그러자 노인이 커튼으로 머리를 내밀고 질책하듯 그를 내다보았다. "좀 기다리시오." 그가 말했다. "조금만 더요."

노인은 카운터 쪽으로 향했고 길로 난 여닫이문으로 가서 문을 잠갔다. 노인은 다소 용의주도하게 행동했다. 그는 손님을 쳐다보고는 작은 시가에 불을 붙였고 내실로 다시 돌아갔다. 그들의 목소리가 다시 속삭이기 시작했다. 아까보다 더 긴밀해졌다. 가게는 대체로 어두웠다. 창살이 박힌 조그만 창문에서 들어오던 일광은 이미 희미해진 뒤였다. 벽을 따라 늘어선 석탄 자루들이 잠든 채 버려진 사람 몸뚱이처럼 보였다. 스피노는 혹시 모르는 사람이 저대로 이 가게에 와서 자기처럼 어둠 속에서 기다린 것이 아닐까, 아마 노인은 그 사실을 잘 알고 있으며 그가 누구인지 목적이 무엇인지 왜 왔는지를 알고 있는 것이 아닐까, 하는 생각이 들지 않을 수가 없었다.

마침내 노인이 벙글거리며 돌아왔다. 손에 조그만 갈색 병을 들고 있었다. 약국에서 요오드팅크를 담아 파는 병과 비슷했다. 노인은 조심스레 그걸 신문지로 싸서 아무 말 없이 카운터 위에 올려놓았다. 스피노가 그걸 바라보았고 머뭇거렸다. 아마 미소를 지었는지도 모른다. "실수하지 않도록 조심하시오." 그가 말했다. "중요한 겁니다."

노인은 문을 열었다. 그리고 자기 자리로 돌아가 앉아서 하던 계산을 다시 시작했다. 분명히 아무것도 듣지도 보지도 못했다는 투였다. "이제 가보시오." 그가 말했다. "설명은 라벨에 있습니다."

그는 작은 병을 주머니에 찔러넣고 그곳을 떠났다. 노인에게 인사하자 그는 향이 좋으라고 로션에 샐비어도 좀 넣었다고 대답했다. 스피노는 다시 미소를 지었던 것 같다. 비코 스파차벤토에는 아무도 없었다. 시간이 지나간 것 같지 않았다. 모든 것이 너무나도 급속하게 전개된 것 같았다. 마치 먼 과거에 일어났고 한 찰나에 기억 속에서 다시 방문한 사건처럼.

18

그는 관리인에게 천사와 부엉이가 조각된 기념비를 아는지
물었다. 그는 자신 있게 아는 척하면서 방문객을 쳐다보았다.
하지만 헷갈리는 것이 너무도 분명하게 보였다. 그러면서도
잘 모른다는 인상을 주지 않으려고 기념비가 서편 회랑에 있
다고 말했고, 겸연쩍음을 상쇄하기라도 하듯 묻지도 않은 얘
기를 떠들어댔다. "처음 들어선 무덤 가운데 하나임이 틀림
없습니다." 그가 말했다. "부엉이는 낭만주의 시기에 유행하
던 동물이었지요." 팔을 뻗은 방향으로 스피노가 멀어져가는
동안, 관리인은 묘지가 다섯시에 닫으며 안에 갇히지 않게 주
의하라고 상기시켰다. "늘 누군가는 안에 갇힌다, 이 말씀이
요." 자기가 너무 단호하게 경고했나 싶었는지 조금 누그러
뜨리려는 듯 그렇게 덧붙였다.

그는 알았다는 표시를 하고 중앙 광장을 넓게 가로지르는
아스팔트를 따라 걸었다. 늦은 시간이었고 바람이 부는 궂은
날씨 때문인지 묘지는 을씨년스러웠다. 검은 옷을 입은 몇몇
아담한 체구의 할머니들이 광장 한가운데서 무덤들을 정리
하느라 분주했다. 한 도시에서 일생을 살면서 그곳의 명소 가
운데 한 곳을 알 기회도 없이 삶을 마칠 수도 있다는 것이 신
기하다. 그는 여행 가이드 책자라면 어디에든 실려 있는 이

기념비적인 묘지에 들어가본 적이 없다. 묘지를 알려면 아마도 자기 자신이 죽어야 하는 것이 아닐까 생각했다. 자신의 죽음은 그곳에도 없고 다른 어느 곳에도 없는 것이다. 그런데 그는 지금 이 묘지를 방문하고 있다. 자신의 죽음이 아닌, 거기에 묻히지 않은, 지나간 삶의 어떤 기억도 공유하지 않은, 어떤 다른 죽음과 마주쳤기 때문이다.

그는 최근에 죽은 자들의 묘비명을 읽으면서 무덤 사이를 어정거렸다. 그러다 호기심에 떠밀려 조잡한 신고전주의풍 신전의 계단으로 발길을 돌렸다. 리소르지멘토[34]의 위대한 영웅들의 관이 있는 그 신전의 전면에는 하느님과 조국 사이의 어울리지 않는 연결을 강조하는 라틴어 문구가 새겨져 있다. 그는 묘지 동편의 한 구역을 가로질렀다. 그곳에는 멋없는 신고딕식 건축물에 작은 첨탑을 뾰족뾰족 세운 기괴한 모양의 무덤들이 솟아 있다. 한 시대에 그 도시를 지배한 명망가들—귀족, 지역의원, 장군, 주교—의 시체와 부의 고귀함으로 빈약한 혈통을 받쳐준 가문들—선주, 상인, 초기의 기업가—의 시체가 다 그 구역에 모여 있다. 벌써 신전 입구부터 묘지가 처음부터 지금까지 주야장천 심하게 변화해온 기하학이 눈에 띈다. 하지만 묘지가 보여주는 기본 개념은 변하지 않은 채 남아 있다. 남쪽과 동쪽에 귀족의 구역이 있고 북쪽과 서쪽에 자본가 계층의 기념비적인 무덤들이 있으며, 중앙 구역에는 건축물도 없이 일반 시민들이 누워 있다. 그에 더해 떠돌이, 무연고 부류의 구역도 있다. 그는 신전 계단 옆에서 박애주의자들—자선가, 과학자, 여러 등급의 지식인—을

34 Risorgimento. 19세기 중엽에 있었던 이탈리아의 국가 통일운동과 독립운동.

위해서만 세워진 회랑에 주목했다. 19세기 이탈리아가 어떻게 삶의 세계에서 작동한 계급 구분을 죽음의 안무按舞에서도 충실히 재생했는지 의아한 일이다. 그는 담배에 불을 붙이고 계단 꼭대기에 앉아 상념에 잠겼다. 〈전함 포템킨〉[35]이 떠올랐다. 거대하고 하얀 계단을 볼 때면 늘 그랬다. 파시즘 시대를 배경으로 한 무대 설정이 꽤나 마음에 들었던 영화도 떠올랐다. 잠깐 동안 그는 자기도 어떤 영화의 한 장면을 살고 있는 것이 아닌가, 감독이 저 아래 보이지 않는 카메라 뒤에 앉아 생각하는 자기 모습을 찍고 있는 것이 아닌가 하는 느낌이 들었다. 그는 시계를 보았고, 겨우 네시 십오분이라는 것, 그러니까 약속 시간까지 아직 십오 분이 남았다는 것을 확인했다. 그는 기념비를 바라보고 묘비명을 읽느라 가끔 멈춰 서면서 서편 회랑을 따라 거닐었다. 그는 개암 장사 석상 앞에서 걸음을 멈추고 오래도록 살펴보았다. 그녀의 얼굴은 하층민의 골상을 재현하는 데 조금도 모자람이 없는 사실주의 방식으로 묘사되어 있었다. 할머니는 조각가를 위해 제일 좋은 옷을 입고 포즈를 취했을 것이다. 코르셋 레이스가 서민 여자들이 두르는 숄 아래로 머리를 내밀고, 우아한 치마가 다른 치마의 무거운 주름을 덮고 있으며, 발은 슬리퍼에 들어가 있다. 지금 실제 크기로 자랑스럽게 방문객을 바라보는 그 석상 조각을 위해 길 어느 구석에서 평생 동안 팔았던 개암들을 목걸이처럼 가슴에 매달고 있다. 조금 더 가자 루도비시의 대좌[36]를 어설프게 떠올리게 하는 부조의 비문이 온후하고 고상한

---

35 1905년 러시아혁명 때 일어난 포템킨호의 선상 반란을 몽타주 기법으로 찍은 세르게이 예이젠시테인의 1925년 영화.

부인 마틸데 자피켈리 로마넨고가 삼십 성상을 막 보내고 난 뒤 남편과 두 아이 루크레치아와 페데리가를 눈물 속에 남겼다고 알린다. 그 일은 1886년 9월 2일에 일어났고, 하늘로 날아오르는 마틸데 여사를 덮은 시트를 측은하게 부여잡고 있는 두 딸은 그 옆에 이렇게 비문을 남긴다. 아, 사랑하는 엄마. 기도와 꽃 말고 우리가 무얼 드리겠어요?

그는 천사와 부엉이가 있는 무덤이 나올 때까지 회랑을 따라 천천히 걸었다. 아마도 남서풍에 떠밀려왔는지 외로운 갈매기가 착륙하려는 듯 광장 위를 선회하고 있었다. 남서풍이 심하게 부는 이런 날씨라면 도시의 더 내륙지역에서도 갈매기들을 심심찮게 볼 수 있다. 갈매기들은 쓰레기로 덮인 수로를 떼 지어 거슬러오르다가 먹을 것을 찾아 물가에서 벗어나 배회한다. 정각 네시 반이었다. 스피노는 무덤에 어깨를 기대고 회랑의 낮은 담 위에 앉아 새 담배에 불을 붙였다. 회랑 저편에는 아무도 없었다. 광장 한가운데 있던 할머니들 숫자가 더 줄어들어 있었고 다른 쪽, 삼나무 숲 근처 한구석의 십자가 옆에서 깊은 명상에 빠진 듯한 남자가 보였다. 남자가 그를 쳐다보았다. 몇 분이 지나도록 남자는 꼼짝도 하지 않았다. 그러다 갑자기 벌떡 일어나더니 출구의 작은 광장으로 향했다. 스피노는 주변을 둘러보았다. 아무도 보이지 않았다. 그의 시계는 이제 네시 사십오분을 가리키고 있었다. 이제 그런 이상한 약속을 지키려고 이곳에 나타날 사람은 아무도 없

---

36 고대 그리스 아르카이크 시대(BC 800~BC 450) 말기의 대리석 단편斷片으로, 1887년 로마의 루도비시 저택에서 발굴되었다. 아프로디테의 탄생, 지상에 온 페르세포네, 피리 부는 나부, 성향을 받치는 여인 등이 부조되어 있다.

다는 걸 알았다. 어쩌면, 아마도, 아무도 오지 않는 게 맞을 것이다. 그들은 그저 스피노가 이곳에 올 것인지를 알고 싶었던 것이다. 그래서 그가 볼 수 없는 누군가는 어디선가 그를 지켜보면서 그가 정말로 무얼 원하는지 가늠하고 있는지도 모른다. 이것은 그에게 부과된 일종의 테스트였다.

갈매기는 그에게서 몇 미터 떨어진 곳에 사뿐히 착륙하여 애완동물처럼 조용히 호기심을 보이며 무덤들 사이를 서투르게 걷기 시작했다. 스피노는 호주머니를 뒤져 캐러멜 하나를 던져주었다. 새는 후딱 삼키고 나서 만족스러운지 머리를 흔들고 털을 곤추세웠다. 그러고 나서 잠깐 떠올라 날았다. 날았다기보다 높이뛰기였다. 그리고 일차대전 참전 용사의 어깨 위에 내려앉아 평온하게 그를 바라보았다. "넌 누구니?" 스피노가 낮은 목소리로 말했다. "누가 널 보낸 거야? 선착장에서도 날 지켜보고 있었지? 원하는 게 뭐야?"

다섯시 이분 전이었다. 스피노는 서둘러 일어났다. 그 거친 동작이 갈매기를 놀라게 했다. 갈매기는 비스듬히 날아올라 활공하다 계단 옆의 다른 구획으로 하강했다. 떠나기 전에 스피노는 천사와 부엉이가 새겨진 무덤을 흘낏 들여다보았다. 그는 기다림의 긴장 속에서 지나쳤던 비문을 읽어보았다. 그때서야 그는 누군가가 자기가 그 비문을 읽어줬으면 하고 바랐다는 사실을 깨달았다. 약속은 바로 그것이다. 그것이 메시지였다. 외국인 이름 아래 그리스의 경구가 이탈리아어 번역과 함께 부조로 새겨져 있었다. 사람의 육신은 죽고, 덕행은 죽지 않는다.

그는 달리기 시작했다. 발소리가 아치형 천장 아래에서 울렸다. 출구에 도착했을 때 관리인은 작은 레일 위로 철문을 미끄러지게 하고 있었다. 스피노는 그에게 급하게 인사를 했다. "갈매기가 한 마리 있더군요." 그가 말했다. "거기서 자려나 봐요." 남자는 아무 대답도 하지 않았고, 챙 달린 모자를 벗었다. 그리고 거의 다 벗겨진 머리를 뒤로 쓸어넘겼다.

19

그는 집으로 돌아오는 길에 편지함에서 메시지를 발견했다. 장소와 시간을 대문자로 적은 메모였다.

주머니에 넣고 오래된 자기 집 계단을 올라갔다. 집에 들어가는 동안 산도나토 교회의 종이 여섯시를 치기 시작했다. 종소리가 온 집 안으로 들어와 울려퍼지도록, 그는 테라스로 달려가서 문을 활짝 열었다. 그리고 넥타이를 풀고 안락의자에 털썩 앉아 다리를 테이블 위에 걸쳤다. 그 자세에서는 종탑의 윤곽과 슬레이트 지붕, 그리고 수평선의 한 부분만 보였다. 그는 백지를 한 장 찾아 역시 큰 대문자로 썼다. "울고 있습니까? 그 사람에게 헤카베[37]는 무엇입니까?"

그는 종이를 공책 옆에 두고 그들 사이의 연결 고리를 생각했다. 그는 코라도에게 전화를 걸어 이렇게 말하고 싶은 마음이 들었다. "코라도! 자네 이 구절 기억나나? 그게 무슨 의미인지 난 완벽하게 이해했네." 그는 전화기를 쳐다봤지만 움직이지는 않았다. 설명해낼 수 없으리란 걸 깨달았던 것이다. 아마도 사라에게 편지를 쓰겠지만, 구구절절하게 설명하지 않아도 지금 자기가 직관으로 이해했듯이, 사라도 역시 또다른 형태와 또다른 방식이긴 하지만 지극히 단순명료하게, 그

---

37 그리스 신화에 나오는 트로이의 왕 프리아모스의 아내로, 트로이 전쟁에서 남편과 아들이 살해되고 딸이 노예가 되자 이에 슬피 울다 개가 되어 죽었다고 한다.

울고 있던 배우(근데 누구였더라?)가 헤카베에게서 자신의 모습을 보았다는 것의 의미를 이해할 것이다. 그는 사물을 우리에게 돌아오게 만드는 힘과 우리가 우리의 얼마만한 부분을 다른 사람들에게서 보게 되는지를 생각했다. 그리고 죽음의 자리, 거기서 했던, 그러나 지키지 못한 약속이 미지근하면서 위압적인 파도처럼 기억으로 밀려들었다. 지금 그 약속은 당연히 실현을 요구하고 있었다. 그 약속은 그의 내부에서, 또 그러한 요구에서, 자기 스스로의 성취 방식을 찾아내고 있었다. 이질적이고 겉으로 이해하기 힘들지만 아직 그 가치를 드러내지 않은 어떤 기하학 논리처럼 완벽한 논리를 따르는 방식이었다. 직관할 수는 있으나 합리적인 질서나 어떤 설명으로 고정시키기는 불가능한 그런 것이었다. 그는 사물을 이루는 하나의 질서가 있으며 어떤 것도 우연히 일어나는 법은 없다는 생각이 들었다. 우연이란 사물들 사이의 진정한 연결을 파악하지 못하는 우리의 무능력, 바로 그것이었다. 그는 우리가 우리를 둘러싼 사물을 야비하고 오만하게 결합시킨다는 느낌이 들었다. 그는 주위를 둘러보았다. 그리고 서랍장 위의 주전자와 창문 사이의 연결이란 어떤 것일까 생각했다. 그것들은 어떠한 관계도 없으며, 서로에게 낯설다. 그가 오래전에 그 주전자를 샀고 창가의 서랍장 위에 놓아두었기 때문에 비로소 그 둘은 그에게 이해할 수 있는 것으로 보이는 것이다. 두 사물 사이의 유일한 연결은 그들을 바라보는 그의 눈이다. 그러나 틀림없이 어떤 것, 그 이상의 어떤 것이 그의 손을 이끌어 그 주전자를 사게 했을 것이다. 그 잊힌, 당시 수행했던 동작이 진정한 연결이다. 그 동작 속에 모든 것, 세상과 삶, 그리고 우주가 있다.

스피노는 그 청년을 다시 생각했다. 그러자 장면이 선명하게 떠올랐다. 일이 그렇게 된 것임을 이제 깨달았다. 청년이 은신처에서 나와 자신을 죽음으로 인도한 정확한 지점을 찾아서 탄환의 궤도에 자신을 밀어넣는 것이 보였다. 청년이 속죄를 이루기 위한 혹은 사건들 사이를 단순히 연결하기 위한 궤도의 기하학을 따르는 사람처럼 계산된 결정에 따라 복도로 나아가는 것이 보였다. 그것이 어릴 때 카를리토라고 불렸던 카를로 노보디가 했던 행동이다. 노보디는 이미 연결 고리를 만들어냈었다. 그리고 노보디를 통해서 사물은 저들의 궤적을 그리는 방식을 찾아냈던 것이다.

스피노는 헤카베에 대한 질문을 썼던 종이를 테라스의 빨랫줄에 집게로 매달았다. 그리고 원래 자리로 돌아와 앉아서 그걸 바라보았다. 종이는 세찬 바람에 깃발처럼 펄럭였다. 그것은 드리워지고 있던 밤에 대항하는 선명한, 바스락거리는 얼룩이었다. 그는 희뿌연 어둠 속에서 흔들리는 종이와 아주 서서히 어둠으로 해체되어가는 수평선 자락 사이의 연결을 다시 구축하면서, 그 종이를 오랫동안 그윽이 바라보았다. 그는 천천히 몸을 일으켰다. 엄청난 피로가 엄습했기 때문이다. 그렇지만 마치 어린 시절로 돌아가듯 그의 손을 침대로 이끈 것은, 조용하고 평화로운 피곤이었다.

밤에 꿈을 꾸었다. 오랫동안, 너무나도 오랫동안 돌아오지 않았던 꿈이었다. 어린애 같은 꿈. 그는 가볍고 순수했다. 꿈을 꾸면서 그는 그 꿈을 다시 발견했다는 묘한 자각이 들었다. 이것이 그의 순수를, 하나의 해방처럼, 넓혀주고 있었다.

20

그는 책을 정리하며 하루를 보냈다. 얼마나 많은 신문과 종이가 집 안에 쌓일 수 있는지 믿을 수가 없을 정도다. 엄청난 양을 내다버렸고, 몇 년 동안 그 더미가 차지하고 있던 소파와 구석을 청소했다. 서랍 바닥에 있는 수많은 것들, 오래된 물건, 잡동사니도 쓰레기통으로 향했다. 게을러서 버리지 못하는 것들이다. 혹은 우리 삶의 과거에 연결된 사물이 일으키는 뭐라 정의하기 힘든 고통 때문이기도 하다. 청소를 끝냈을 때에는 다른 집 같았다. 사라가 좋아할 것이다. 가엾은 사라는 말할 수 없는 그 무질서를 오랫동안 견뎌왔다. 저녁에 그녀에게 편지를 써서 우표를 붙여둔 봉투에 넣고 봉했다. 약속 장소에 가면서 부칠 생각이었다. 그러고 나서 코라도에게 전화를 했지만 자동 응답기가 돌아갔다. 전화를 끊어야 했다. 녹음된 목소리가 요구하는 대로 메시지를 남길 준비가 되어 있지 않았다. 잠시 후 문장을 하나 준비해서 다시 번호를 눌렀다. "안녕 코라도." 그가 말했다. "나 스피노야. 그냥 인사를 하고 싶었어. 자네를 마음 깊이 생각한다는 걸 말해주고 싶었네." 전화를 끊었을 때 오래전 어느 날이 머리에 떠올랐다. 그래서 다시 전화를 걸어서 이렇게 말했다. "코라도. 다시 나야. 우리가 〈피크닉〉을 보러 갔던 날 기억나? 우리는 킴 노박을

패 좋아했지."[38] 전화를 끊었을 때에야 엉뚱한 얘기를 했다는 생각이 들었다. 하지만 이미 엎질러진 물이다. 아마도 코라도 가 엉뚱하게 여기지 않을 거라고 생각했다. 어쩌면 자동 응답기로 그런 얘기를 듣는다는 것만 이상하게 여길 것이라고.

저녁 먹을 시간이 되자 그는 얼마나 시간이 흘렀는지도 모른 채 냉장고에 있던 연어 한 캔과 포트와인을 적신 파인애플로 간식을 준비했다. 저녁이 내려앉자 그는 불을 켜는 대신 라디오를 켜고서 창문으로 항구의 불빛을 바라보며 어둠 속에서 담배를 물고 앉아 있었다. 그렇게 시간이 흘러가도록 내버려두었다. 그는 어둠 속에서 라디오 듣는 것을 좋아한다. 그것은 언제나 멀리 떨어진 느낌을 주었다. 산도나토의 종이 열한시를 쳤고, 그는 정신이 들었다. 전등의 폭력이 싫어서 촛불의 박명에 의지해 접시를 씻고 부엌을 정돈했다. 그는 열한시 반에 밖으로 나와 문을 열쇠로 잠갔다. 열쇠는 층계참의 화분 아래에 두었다. 사라를 위해 늘 두는 곳이다.

그는 신문 가판대 옆에 있는 우체통에 편지를 넣고 비코 데이 칼라파티[39]를 따라서 해안도로까지 계단을 내려갔다. 항구의 식당들이 문을 닫고 있었다. 궁둥이까지 올라오는 고무장화에 담긴 왜소한 체구의 노인이 펌프질을 하며 생선 좌판을 닦고 있었다. 그는 리파 회랑을 통해 항구 역까지 내려갔다가 길을 가로질러 아스팔트에 남아 있는 전차 궤도를 따라 안전선에 바싹 붙어서 걸었다. 그가 가는 방향에서 야간 경비

---

38 킴 노박Kim Novak(본명은 Marilyn Pauline Novak, 1933~)은 메릴린 먼로와 경쟁한 미국의 여배우로, 히치콕, 피터 블레이크 등의 감독들과 작업했다. 〈피크닉〉은 1955년에 출연한 조슈아 로건 감독의 영화다.
39 '용접공들의 골목'이라는 뜻.

원이 모터 달린 자전거를 타고 내려오고 있었다. 경비원은 그의 곁을 스쳐지나가며 인사를 했다. 경비원이 멀어질 때까지 기다렸다가 세관의 거대한 철책 옆으로 난 십자형 회전문을 통해 항구 지역으로 들어갔다. 세관 건물에는 아직도 불이 켜져 있었다. 들키지 않게 컨테이너들의 짧은 미로를 통과해서 가로지르기로 했다. 세무서 건물이 하나 서 있는 방파제를 지나서 화물 하역 부두에 도착했다. 면화 꾸러미들이 어지럽게 널려 있는 옛날 항구를 지나가서 선박 수리장 앞에서 멈췄다. 이제 그의 앞에 인간의 존재는 흔적도 없었다. 불빛은 모두 등뒤에 있었다. 부두에 정박한 배 한 척과 항구 역의 창문 두 개에 불이 밝혀져 있었다. 그는 기준점으로 해안 도로에 걸린 신호들을 오른쪽으로 유지하면서 오백 미터쯤 걸었다. 성냥불에 의지해 행선지를 다시 한번 확인하고 종이를 구겨서 물에 던졌다. 철교 골조 아래로 창고의 흐릿한 윤곽이 보였다. 그는 물가의 조그만 철 계단에 앉아 담배에 불을 붙였다. 산도나토 교회의 종이 자정을 쳤다. 그는 검은 바다와 수평선의 아스라한 불빛을 바라보며 다시 몇 분 동안 머뭇거렸다. 창고에 도착하기 위해서는 선착장에 제멋대로 흩어져 있는 거대한 컨테이너를 몇 개 돌아야 했다. 노란 안개등이 빈터를 밝혀주고 있었다. 안개등은 마치 그가 걸음을 옮길 때마다 달아나려는 듯이, 그의 몸에서 네 개의 그림자를 각각 대립되는 방향으로 투영하며 끌어내고 있었다. 그는 먼지 덮인 등이 약한 빛을 비추는 측면을 지나쳐서 창고 뒤편에 도착했다. 문손잡이에는 자물쇠 대신 사슬이 걸려 있었다. 사슬을 끌러냈다. 문을 열었다. 내부의 어둠 속으로 노란 불빛의 긴 줄기가 스며들어 상자들이 적재된 구석에서 부서졌다. 그는 마땅히 그 래야 하는 듯이, 똑똑히 들리도록 기침을 세 번 했다. 하지만 안쪽에서는 아무런 대답도 없었다. 그는 빛줄기 위에 우두커 니 서 있었다. 다시 기침을 했지만, 아무도 대답하지 않았다.

"납니다." 그가 소리를 낮춰 말했다. "내가 왔습니다."

그는 잠시 기다렸다가 좀더 소리를 높여 반복했다. "나예 요. 내가 왔어요." 그때서야 그곳에 아무도 없다는 절대적인 확신이 들었다. 그는 자기도 모르게 웃기 시작했다. 처음에 는 서서히, 그러다가 점점 더 크게. 그는 몸을 돌려 몇 미터 떨어진 물을 바라보았다. 그리고 어둠 속으로 걸음을 옮겼다.

여백의 주

이 책은 어느 도시와 유난히도 추운 어느 겨울, 그리고 어느 창
문 덕분에 쓰게 되었다. 이 책을 쓰는 것이 나에게 터무니없는
즐거움을 가져다주지는 않았다. 그래도 나는 사람이란 늙어갈
수록 혼자 웃는 경향이 있다는 점에 주목했다. 그것은 내가 볼
때 더 완성된, 어떤 면에서는 자기만족적인 희극성을 향해 한걸
음 내딛는 것으로 보인다.

　　스피노는 내가 만든 이름이다. 애정을 느껴온 이름이다. 누
군가는 스피노자의 약어라고 할지도 모르겠다. 스피노자는 내
가 사랑한다는 걸 부인할 수 없는 철학자다. 그러나 물론 다른
것들도 의미한다. 스피노자는, 여담이지만, 스페인계 유대인이
었고, 그 주위의 많은 사람들처럼 수평선 자락을 눈에 담아두
곤 했다. 사실상 수평선 자락은 기하학적인 장소다. 우리가 움
직이는 대로 움직이기 때문이다. 뭔가 마법의 힘으로 나의 등장
인물이 그곳에 이르기를 정말 바란다. 그 역시 그곳을 눈에 담
아두고 있었으니까.

A. T.

안토니오 타부키 연보

1943~1968년 이탈리아 피사에서 태어남. 9월 24일생.
         피사 근처의 작은 소읍 베키아노의 외갓집에서
         어린 시절을 보냈고, 외삼촌의 서재에서 많은
         외국 문학작품을 읽음. 베키아노에서 의무교육을
         마침. 피사 대학 인문학부 입학. 대학에 다니는
         동안 자신이 읽은 작가들의 흔적을 찾아보기 위해
         여러 차례 유럽을 여행함. 그동안 파리 소르본
         대학의 강의를 청강하면서 알게 된 포르투갈
         시인 페르난두 페소아의 시집 『담배 가게*Tabacaria*』
         프랑스어 판을 어느 헌책 노점에서 입수하여
         읽었고, 거기에서 자기 삶의 중요한 모티프를
         발견함. 이후 이탈리아로 돌아와 페소아를 더
         연구하기 위해 포르투갈어 과정을 이수함.
1969년 논문 「포르투갈의 초현실주의」로 피사 대학 졸업.
1972년 피사의 고등사범학교에서 박사 과정을 마침.
1973년 볼로냐 대학에서 포르투갈어와 문학을 가르침.
1975년 토스카나 출신 무정부주의자 가족의 이야기를 다룬
         소설 『이탈리아 광장*Piazza d'Italia*』 출간.
1978년 제노바 대학에서 포르투갈어와 문학을 가르침.

『작은 배*Il piccolo naviglio*』를 출간했지만 커다란
성공을 거두지 못함.

1981년 단편집 『뒤집기 게임*Il gioco del rovescio e altri racconti*』
출간.

1983년 『핌 항구의 여인*Donna di porto Pim*』 출간.

1984년 첫 성공작 『인도 야상곡*Notturno indiano*』 출간.
인도에서 사라진 친구를 찾아나서는 남자의
이야기를 통해 타부키 자신의 정체성을 찾으려고
한 소설로 평가됨. 1989년 프랑스 감독 알랭
코르노에 의해 영화화됨.

1985년 단편집 『사소한 작은 오해들*Piccoli equivoci senza
importanza*』 출간. 1987년까지 3년간 리스본 주재
이탈리아 문화원장을 지냄.

1986년 『수평선 자락*Il filo dell'orizzonte*』 출간. 1993년
포르투갈 감독 페르난두 로페즈에 의해 영화화됨.

1987년 단편집 『베아토 안젤리코와 날개 달린 자들
I volatili del Beato Angelico』, 페소아에 대한 글 모음집
『페소아의 2분음표*Pessoana Minima*』 출간. 『인도
야상곡』으로 프랑스 메디치 외국문학상 수상.

1988년 희극 『빠져 있는 대화*I dialoghi mancati*』 집필.

1989년 포르투갈 대통령이 수여하는 '엔히크 왕자
공로훈장'을 받았고, 같은 해 프랑스 정부로부터
'문화예술 공로훈장'을 받음.

1990년 페소아에 대한 저술 『사람들이 가득한 트렁크*Un
baule pieno di gente*』 출간.

안토니오 타부키 연보

1991년 단편집 『검은 천사*L'angelo nero*』 출간. 포르투갈어로
『레퀴엠*Requiem*』 집필. 나중에 이탈리아어로 출간된
『레퀴엠』으로 이탈리아 PEN 클럽 상을 수상.

1992년 『꿈의 꿈*Sogni di sogni*』 출간.

1994년 『페르난두 페소아의 마지막 사흘*Gli ultimi tre giorni di*
Fernando Pessoa』, 『페레이라가 주장하다*Sostiene Pereira*』
출간. 『페레이라가 주장하다』로 비아레조 상,
캄피엘로 상, 스칸노 상, 장 모네 유럽문학상을 수상.
1995년 이탈리아 감독 로베르토 파엔차에 의해
영화화됨.

1997년 공원에서 머리 없는 시체로 발견된 남자의 실화를
바탕으로 한 소설 『다마세누 몬테이루의 잃어버린
머리*La testa perduta di Damasceno Monteiro*』 출간. 소설
발표 이후 실제 사건의 범인이 자백하고 유죄
선고를 받음. 『마르코니, 내 기억이 맞다면*Marconi,*
se ben mi ricordo』 출간. 『페레이라가 주장하다』로
아리스테이온 상 수상.

1998년 『향수, 자동차 그리고 무한*La nostalgie, l'automobile et*
l'infini』, 『플라톤의 위염*La gastrite di Platone*』 출간. 독일
라이프니츠 아카데미에서 노사크 상 수상.

1999년 『집시와 르네상스*Gli Zingarii e il Rinascimento*』,
『얼룩투성이 셔츠*Ena ponkamiso gemato likedes*』 출간.

2001년 열일곱 통의 수취인 불명 편지를 보내는 내용의
서간체 소설 『점점 더 늦어지고 있다*Si sta facendo*
sempre più tardi』 출간.

안토니오 타부키 연보

2002년 『점점 더 늦어지고 있다』로 프랑스 라디오 방송국
      '프랑스 컬처'에서 외국 문학에 수여하는 상을 받음.

2004년 레지스탕스 대원 트리스타노의 긴 독백으로
      이루어진 소설 『트리스타노 죽다. 어느 삶 _Tristano
      muore. Una vita_』 출간. 유럽저널리스트협회에서
      프란시스코 데 세레세도 저널리즘 상을 수여함.

2007년 리에주 대학에서 명예 박사학위를 수여함.

2010년 『여행 그리고 또다른 여행들 _Viaggi e altri viaggi_』 출간.

2011년 『그림이 있는 이야기 _Racconti con figure_』 출간. 생애
      후반기에 타부키는 1년 중 6개월은 가족과 함께
      리스본에서 생활하고, 나머지 6개월은 시에나
      대학에서 포르투갈어와 문학을 강의하면서 고향
      토스카나 지방에서 생활함.

2012년 3월 25일 68세의 나이로 리스본 적십자 병원에서
      암 투병중 눈을 감음. 제2의 고향 포르투갈
      리스본에서 장례식을 치른 후 고국 이탈리아에
      묻힘.

안토니오 타부키 연보

옮긴이의 말
존재의 탐사

1

안토니오 타부키가 1986년에 발표한 『수평선 자락*Il filo dell'-orizzonte*』은 지극히 중요하지 않은 어떤 죽음의 이야기다. 어느 날 밤 어느 한 청년의 몸이 낡은 병원의 시체안치소에 들어온다. 다음날 신문은 경찰이 사건을 진압하던 과정에서 살해된 신원 미상의 청년이라고 보도한다. 보도에서 "카를로 노보디Carlo Nobodi"라고 추정된 그의 이름은, "카를로"가 흔한 이탈리아 이름이고 "노보디"는 '아무도 아닌 자'라는 뜻의 영어 'nobody'의 이탈리아어식 표기라는 점을 생각하면, 어떤 미지의 존재임을 알려주고 있다. 그때 마침 시체안치소를 담당하고 있던 주인공 스피노는 노보디의 정체성을 추적해야 한다는 묘한 압박을 느낀다. "왜 그에 대해 알려고 하는 거죠?" 어느 신부의 물음에 그가 대답한다. "왜냐하면 그는 죽었고 나는 살아 있기 때문입니다."

죽은 자의 존재에 대한 탐사는 스스로의 존재에 대한 탐사라는 것을 그는 무의식적으로 알고 있었다. 그것은 철학자 스피노자의 철학적 임무였고, 주인공 스피노에게는 살아 있는 사람이 갖는 연민이었다. 산 자의 세계는 죽은 자가 머물렀던 곳이고 또한 죽은 자의 존재성이 연장되는 곳이다. 살아 있는 우리는 죽은 자가 머문 곳을 기억하고 확인함으로써 죽은 자를 우리 곁에 존재시키지 않는가. 바로 그렇기에 연민은 산 자의 것이다. 예수의 죽음에 대한 마리아의 피에타의 속성은 바로 그런 것이다.

그렇다면 스피노의 무의식적인 의무는, 예수의 죽음에 대한 마리아의 피에타처럼, 자신을 포함해 인간 존재를 위로하는 것이라고 이해할 수 있다. 그 위로는 스피노 스스로 의도했던 것이 아닐 수 있다. 그것이 '무의식적'이라는 용어의 의미일 텐데, 그것은 마리아의 경우도 마찬가지일 것이다. 오히려 인간 전체가 아니라 그녀에게 특별한 한 존재에 대한 피에타였기에 그 피에타의 부피는 무한정으로 늘어날 수 있었을 것이다. 마찬가지로 스피노의 탐사는 지극히 개인적인 호기심에서 출발했을지 모르나, 그의 탐사는 '함께' 이루어진다. 스피노 개인의 탐사—철학적 임무—산 자의 연민이라는 세 범주의 연계는 '함께' 해나가는 방식을 취하고, 거기서 비로소 의미를 얻는다.

스피노가 죽은 자의 정체를 확인하는 작업은 일종의 역사쓰기historiography이다. 역사를 쓴다는 것은, 타부키의 표현대로, 사람을 두 번 죽지 않게 하려는 것이며 진공상태에서 죽지 않도록 하는 것과 다르지 않다. 과거를 쓴다는 것은 과거를 현재에 재현함으로써 과거-죽음을 삶-현재와 이어준다. 그런데 여기서 과거-죽음이 현재에 이어지는 그 부활의 방식이 주저와 망설임의 형태를 띤다는 점이 흥미롭다. 스피노는 어렵게 구한 노보디의 어릴 적 사진을 확대하면서 그의 과거를 되살리려 한다.

옮긴이의 말

그는 사진 전체를 현상했다. 밀착 사진이 너무 노출된 상태였기 때문에 확대경을 필요 이상으로 몇 초 더 켜두었다. 현상액 통에서 윤곽이 떠오르고 있는 듯했다. 마치 멀리 떨어진, 이제는 지나간, 회복할 수 없는, 어떤 실체가 부활되기를 주저하는 것처럼 보였다. 그 실체는 호기심에 찬 이방인의 눈에 어린 신성모독에 대해, 그것이 속하지 않았던 맥락에서 깨어나는 것에 대해 저항하고 있었다. 그 가족의 무리는 돌아오려 하지 않는 듯 보였다. 낯선 사람의 호기심을 충족시키기 위해, 낯선 장소에서, 더이상 자기가 살던 시대가 아닌 어떤 다른 시대에서, 이미지들의 무대로 모습을 드러내려 하지 않는 듯 보였다. 그는 그렇게 느꼈다.(본문 52쪽)

왜 부활을 주저하고 부활에 저항하는가? 왜냐하면 과거-죽음은 뒤로 멀어져가야 하는 저들의 운명적 궤도가 있고, 이미 그 비가역적 운동의 궤도에 실려 있기 때문이다. 다시 거꾸로 혹은 비스듬히 그 궤도를 수정하거나 이탈해야 한다면, 주저할 수밖에 없다. 그래서 스피노가 만나는 사람들은 단서를 주는 데 주저하고, 스피노도 힘차게 나아가기보다는 자꾸 망설이고 어정거린다. 그러나 스피노의 망설임, 즉 현재에서 과거로 흐르는 비가역적 운동의 흐름을 되돌려 과거를 부활시키는 작업에 대한 본능적 저항은 카를로 노보디의 어린 시절을 촬영한 사진을 확대하는 일련의 과정을 지속하면서 확실하게 무마된다. 이제 그는 사진을 확대하면서 노보디의 과거의 존재를 현재에 되살리려는 행위를 자발적인 "신성모독"

옮긴이의 말

으로 느낀다. 인간에게 주어진 비가역성의 운명적 세계에 대한 저항이기 때문이다.

신성모독은 사진을 확대하는 이방인의 눈에 서려 있다. 그 눈에는 또한 호기심이 가득하다. 신성모독은 호기심에서 비롯한다. 사실상 호기심은 과거와 현재를 잇는 역사의 과정에서 인간이 스스로의 존재를 확인하고자 하는 계기를 이룬다. 그렇게 보면 신성모독은 인간 존재의 근거이며 이유이기도 하다. 어쨌든 이 소설에서 사진을 확대하는 행위는 존재 탐사의 결정적 비유로 등장한다. 확대란 사물을 맨눈에 보이는 대로가 아니라 보려 하는 대로 만드는 것을 의미한다. 의도가 사물에 깃든다.

스냅사진이 지닌 은밀한 힘! 그들은 웃음을 짓고 있다. 그 웃음은 그들이 원하지 않아도 이제 그를 위한 것이다. 그들의 삶에서 반복할 수 없는 찰나와의 친밀성, 흐르는 시간 속에서 묽어지면서도 언제나 그 자체로 동일한 친밀성은 이제 그의 것이 되었다. 그의 부엌에 매단 끈에 현상액을 떨어뜨리며 매달린 채 언제라도 볼 수 있는 것이 되었다. 최대의 비율로 확대된 묽힌 자국이 그들의 육체와 그들의 풍경에 대각선으로 상처를 내놓았다. 그 상처는 부지불식간에 손톱으로 할퀸 자국이고, 사물이 불가피하게 닳은 자리이며, 그 얼굴들과 함께 거주했던 주머니와 서랍 속의 금속(열쇠, 시계, 라이터)의 흔적일까? 아니면 그 과거를 지우려는 어떤 손의 자발적인 표시일까? 그러나 그 과거는 어쨌든 이제 또다른 현

옮긴이의 말

재 안에 있고, 본래의 뜻과는 상관없는 해석을 하게 만든다. (본문 52–53쪽)

사진은 풍경을 '담고' 표면에 긁힌 상처를 지니고 있다. 그 사진을 보는 스피노는 풍경을 '보고' 표면의 상처의 역사를 유추한다. 순간을 포착한 사진은 사진에 찍힌 피사체들의 "삶에서 반복할 수 없는 찰나의 친밀성"을 담고 있다. 한순간이기에 더할 수 없는 친밀성을 지니며, 한순간의 친밀성이기에 "흐르는 시간 속에서 묽어지면서도 언제나 그 자체로 동일한 친밀성"을 유지한다. 사진 속의 친밀성은 한순간에 높은 밀도로 형성되었으나, 현상과 확대의 과정을 거치면서 현상액이 허공에서 떨어지듯 묽어진다. 그리고 높은 밀도의 친밀성이 피사체들의 관계와 정체를 구성한 것이었다면, 밀도가 낮아지면서 친밀성은 사진을 확대하는 스피노에게로 전이된다. 스피노는 이제 사진의 표면에 난 긁힌 흔적을 주시한다. 확대를 함으로써 비로소 눈에 들어온 긁힌 흔적은 누군가가 저도 모르게 남긴 것이거나 세월이 만든 것일 수 있다. 그 무엇이든, 긁힌 흔적은 피사체 전체를 대각선으로 가로지르면서 그들의 정체에 '상처'를 낸다. 스피노가 그들의 시간(과거)과 다른 시간(현재)에 위치하면서 그들과 상관없는 맥락에서 그들의 의미를 해석할 수 있는 것은 바로 그 때문이다.

사진이 피사체를 그 프레임에 포획하는 양상은 우연이고 찰나이며 또한 지속적이다. 사진 속의 어머니는 자신이 프레임에 들어간다는 것도 모르면서 문지방을 나서고 있다. 자신과는 아무런 상관이 없는 구획선(프레임)이 자신의 찰나적

옮긴이의 말

존재를 지속시킨다. 프레임의 외부에 있었더라면 찰나의 순간도, 그 존재도 남지 않았을 것이다. 그것은 역사의 바구니에 담기는 것과 다르지 않다. 그렇기 때문에 해석의 대상이 될 수 있었다. 그러나 어머니는 자신이 그렇게 되는 것을 스스로 알지 못했다. 반면 렌즈에 눈을 고정시키는 다른 이들은 어렴풋이 존재의 연장, 겹의 연결(중첩)을 예감하는지도 모른다.

스피노의 눈길을 끄는 것은 소년의 모습이다.

남자애는 샌들을 신고 짧은 바지를 입었다. 무릎에 팔꿈치를 얹고 손으로 턱을 괴고 있다. 둥근 얼굴에 몇 가닥의 곱슬머리가 윤기를 내며 흘러내리고 무릎은 더럽다. 조끼 주머니에서는 새총의 갈라진 부분이 삐져나와 있다. 앞쪽을 바라보지만 눈은 렌즈에 고정되어 있지 않다. 마치 허공에서 어떤 허깨비를 쫓고 있는 것 같다. 사진 너머 또다른 피사체들은 모르는 하나의 사건이다.(본문 54쪽)

위의 묘사는 피사체가 프레임 안에 있다고 해서 온전히 해석의 대상이 되지 않는다는 것을 보여준다. 소년의 시선은 하나의 사건이다. 왜냐하면 다른 피사체들은 그 사실을 모르기 때문이고, 더 중요하게, 그 자체로 풍부한 암시성을 담고 있기 때문이다. 스피노가 이 스냅사진 안에서 "그를 불안하게 하는 뭔가가 있다"는 느낌을 갖는 것은 그 때문이다. 소년의 시선이 어디를 향하는지 모르기 때문에 소년이라는 피사체는 해석의 프레임을 넘어선다. 해석의 프레임 안에 가두지 못함에 대한 불안.

옮긴이의 말

저 이름 없는 사람들을 담은 평온한 스냅사진 안에 그를 불안하게 하는 뭔가가 있다. 그의 해석에서 벗어나는 듯한 어떤 것. 숨어 있는 신호, 외견상 무의미한 요소이면서 근본적인 것을 예견하기도 하는 요소.(본문 54쪽)

그런데 바로 여기서, 즉 해석의 대상을 넘어선 지점에서 새로운 발견 혹은 해석이 생성된다. 사진을 보는 스피노의 눈은 어떤 세밀한 것에 이끌린다. 주전자의 유리에 일그러져 비친 신문의 글자에서 그는 사진 속의 장소가 아르헨티나라는 것을 유추해낸다. 그리고 소년의 눈이 사진사의 등뒤로 무성한 잎들에 잠긴 빨갛고 하얀 개인 별장, 그곳의 덧문이 닫힌 창문 하나로 향하고 있다고 상상한다. 그리고 덧문이 서서히 열릴 수 있다고 상상한다. 그것은 곧 소년의 정체에 대한 해석의 열림이다.

조그만 사진의 풍경, 인물, 표면의 긁힌 자국에서 스피노는 자기가 추적하는 인물의 존재성을 확인하려 애쓴다. 그의 상상 속에서 그는 비스코토라는 이름의 개를 부르는 소년의 목소리를 듣는다. 과거와 현재의 겹침 속에서, 그는 프레임 밖에 있는 개를 불러들인다. 프레임 밖의 존재를 프레임으로 끌어들이는 것. 그것은 존재를 역사의 지평으로 불러내는 일이다.

2

스피노가 존재의 탐사를 시작하는 곳은 파를라솔로Parlasolo 광장이다. 소설에 등장하는 지명들이 다 그러하듯, 파를라솔로라는 이름은 어떤 암시를 준다. 직역하면 '그(녀)가 혼

옮긴이의 말

자서 말하다'라는 뜻이다. 그의 또다른 작품 『페레이라가 주장한다Sostiene Pereira』(1994)에서 '주장한다'가 담고 있는 여러 함의들을 상기시킨다. 목적 없는 혹은 어떤 목적도 붙일 수 있는 자동사, 존재의 부드러우면서 서글픈 드러냄, 고독, 저항…… 그런 이름이 붙은 광장에서 그런 이름의 운명을 간직한 채, 스피노는 이제 존재의 탐사를 본격적으로 시작한다. '혼자서 말하는 그'는 노보디이기도 하고 스피노이기도 하다. 그 누구든 그에게는 그 말을 들어줄 누군가(타자)가 필요하다. 지금까지 그 누군가는 스피노가 아는 사람들이었지만, 지금부터는 미지未知의 사람들이다. 그러나 그 미지를 탐색의 대상으로 만들고 정복하기보다 스피노는 계속해서 자기 자신의 내면으로 돌아오고, 마침내 자신(의 무의식)을 포함해 세상의 모든 사물이 보이지 않는 질서로 연결되어 있음을 직관한다.

　스피노는 존재 탐사의 끝에서 세상의 모든 사물들의 관계에는 결코 우연적이지 않은 질서가 존재한다는 점, 그리고 그 질서를 작동시키는 주체는 바로 자기 자신이라는 점을 깨닫는다. 사회 윤리적 차원에서 그의 깨달음은 자신과 아무런 상관이 없는 카를로 노보디의 죽음에 대해 자신이 일정한 관련성을 갖는다는 직관(스피노자가 철학적 탐사의 마지막 단계에서 도출한 것이 바로 직관적 인식이 아니었던가!)으로 연결되면서, "오랫동안 돌아오지 않았던 꿈"을 꾼다. 꿈은 그렇게 한 개인의 존재와 사물의 질서, 그리고 그들을 연결하는 관계를 모두 봉합하는 역할을 한다.

　존재의 발견, 사물의 질서의 발견, 연결과 매듭의 발견의

옮긴이의 말

끝에서 그는 피곤하다. 그 속에서 꾸는 꿈은 가볍고 순수하다. 더 획기적인 것은 꿈을 꾸면서 그 꿈을 다시 발견하고, 그러한 '꿈의 꿈'이 그의 순수를 확장시켜준다는 점이다. 그의 확장은 과거를 현재로 끌어오고, 스스로를 먼 곳에서 가까운 곳으로 이동시키면서 일어난다. 소설의 첫머리에 쓰인 "가까운 과거의 고고학"이라는 표현은 가까운 과거가 바로 현재로 무한수렴되는 과거 또는 역사라는 것, 역사 개념을 무한히 먼 곳에서 무한히 가까운 곳으로 가져오는 것을 말한다.

스피노가 깨닫는 존재의 무수한 겹들은 무수한 교차를 구성하면서 무한한 궤도를 그린다. 그리고 주체와 타자의 구별은 희미해진다. 여기서 타자들과의 연대라는, 존재로부터 윤리로 나아가는 지점이 포착된다. 그런데 그것을 타자의 무한한 수용, 혹은 타자화의 완벽한 성취와 같은 것들로 이해한다면 곤란하다. 주체와 타자의 거리는 늘 있다. 사실 주체와 타자의 위치 자체가 고정되어 있지 않기 때문에(다시 말해 그들이 진행중인 방식으로 존재하기 때문에), 그 거리가 좁혀지고 멀어지는 움직임은 있으나, 거리는 엄연하게 상존한다. 타자를 환대한다고 해서 내가 즉각 타자로 되는 것은 아니다. 그것은 불가능하다. 타자를 받아들이고 나를 타자에게 바치는 '성자聖者'의 방식은 어쩌면 위선이거나, 아니면, 더 정확히 말해, 타자화를 향한 노력일 뿐이다. 따라서 존재의 겹이라는 표현은 타자화의 '과정'의 다른 이름이다. 거기에는 시간과 공간이 개입하고, 그럼으로써 존재의 겹은 추상이 아닌 지극히 구체적인 사물의 모습으로, 시간의 흐름 속에서, 우리의 삶을 구성한다.

옮긴이의 말

작가는 「여백의 주」에서 스피노가, 스피노자가 스페인계 유대인으로서 그러했듯이, 수평선 자락을 눈에 담아두고 있었기 때문에 수평선 자락에 도달할 것을 바라고 또 그러리라고 믿는다. 수평선 자락에 이른다는 것은 무슨 의미인가? 그것은 경계선에 선다는 의미가 아닐까. 무소속의 정체성을 깨닫는다는 것. 마지막 장면에서 "어둠 속으로 걸음을 옮"기는 주인공 스피노의 여정은 한없이 열려 있다. 이 소설 전체에서 "어둠"이라는 용어의 의미 혹은 느낌이 서서히 부정에서 긍정으로, 차가움에서 따뜻함으로, 불확실(긍정적 모호로서의 불확실이 아니라 무지로서의 불확실)에서 확실(고정으로서의 확실이 아니라 직관적 인식으로서의 확실)로 움직인다는 것은 흥미롭다.

철학자 스피노자는 실체를 자기를 통해 인식되는 것으로 본다. 자기 자신에 의해 인식되는 실체는 모든 사물의 존재 가능성의 원천이며 인식 가능성의 원천이다. 실체는 그러한 개념적 자립성을 지님으로써 초월적이고 파악 불가능한 실체라는 관념은 배제된다. 실체의 개념적 자립성을 통해 실체 전체는 합리적 인식 가능성을 획득한다.

『수평선 자락』은 실체를 알아나가는 과정의 묘사다. 그 과정은 스피노자의 실체 개념, 그 개념의 해설과 맞아떨어진다. 실체 개념의 변화는 속성 개념의 변화를 가져온다. 스피노자가 생각하는 속성은 실체가 소유하는 '성질'이 아니라, 실체와 동일한 것이다. 본질을 구성하기 때문이다. 무한히 많은 속성들은 각기 유일한 실체의 무한한 본질을 '표현'하면서 이 실체를 '구성'한다. 무한한 속성들이 동일한 실체를 구성할 수

옮긴이의 말

있는지를 묻는 스피노자의 존재론은 『수평선 자락』에서 존재의 무수한 겹들이 주체와 타자를 연결하는 무한한 궤도를 그리는 풍경의 의미를 반추하게 해준다. 스피노자가 말하는 무한한 속성들로 구성된 유일한 실체를 찾아나서는 행로. 이것이 수평선 자락이라는 경계에서 펼쳐지는 존재의 탐사다.

3

타부키의 텍스트는 이탈로 칼비노Italo Calvino의 텍스트처럼 해석의 눈길을 기다리는 기호들로 가득하다. 그러나 칼비노의 텍스트가 그 기다림을 선연하게 내보이는 반면, 타부키 텍스트의 기다림은 은근하다. 전자에서 기호들이 표면에 널려 있고 때로는 날아올라 서로 부딪히며 저들의 존재를 과시하는 반면, 후자에서는 기호들이 표면 아래로 숨어들어 있다가 이따금씩 비죽 머리를 내밀며 반짝거린다. 타부키의 소설은 표면이 두텁다. 마치 물 위에 뜬 기름이 물속을 가리고 물속의 형상을 이지러지게 하듯, 타부키 소설에 등장하는 인물들, 그들의 행동, 말, 감정, 그리고 의식은 두터운 장막 저편에서 그림자로 투영될 뿐이다. 타부키 소설이 신비로운 느낌을 주는 것은 그 때문이다.

타부키의 기호들에서 외로움을 느낀다. 그것은 에드워드 호퍼Edward Hopper의 그림을 보며 젖어든 느낌과 비슷하다. 호퍼의 그림 ⟨Room by the Sea⟩(1951)를 비롯해서 수평선을 그린 그림들이 외로움을 주는 이유는, 그곳에 기호들이 혼자 있기 때문이다. 스피노의 탐사가 혼자서 혼자를 향해 있듯, 타부키와 호퍼의 기호들도 저들을 향해 서 있다.

옮긴이의 말

이렇게 기호의 자족성은 윤리적 지평을 열기에는 기호를 독자의 눈에서 너무 멀리 위치시키는 것 같기도 하다. 그러나 타부키는 분명 형이상학적 물음을 끈질기고 복합적으로, 또 반복적으로 되던지는 작가이지만, 또한 사회적 의식이 강한 작가라는 점 역시 부정하기 힘들다. 『수평선 자락』에서 기호의 자족성이 전면에 드러나지만, 그로 인해 타자에 대한 윤리적 자세가 덮이는 것은 아니다. 오히려 이 소설에 담긴 타자에 대한 윤리적 자세는 윤리를 어쩌면 단순할 수도 있는 사회적 실천의 주장으로 쉽게 귀결시키기보다 존재의 물음으로 끊임없이 귀환시키는 가운데 더욱 깊고 근본적인 차원에서 윤리의 문제를 다시 던진다.

익명의 시체의 정체성을 찾아주기 위한 개인적인 탐사를 보고하는 스피노는 원인-결과의 논리를 따르지 않는다. 그의 탐사는 풍경을 감상자로부터 분리하는 모호한 자락 위를 달리면서, 볼 수 있는 외양이 함유하는 보이지 않는 기의들을 찾는다. 그렇게 그의 탐사는 한 죽음에 대한 탐사로부터 한 존재를 이끄는 비밀스러운 근거들의 차원으로 미끄러진다. 그것은 목적지를 향해 펼쳐진 쉼 없는 탐사로서, 계속해서 멀어지는 수평선처럼, 그것을 뒤쫓는 사람과 함께 이동하는 것 같다. 따라서 스피노가 어떤 진실을 탐사한다고 해도 그 진실이 처음에 탐사하고자 했던 그 진실일 필요는 없다. 오히려 탐사가 진행될수록 탐사의 대상은 스피노 자신이 되고, 끝없는 물음의 과정 자체가 대상의 존재성을 이루게 된다.

존재의 겹은 무수하게 중첩되고 교차되는 탓에 하나의 실체로 발현되기보다는 변화무쌍한 현실과의 조우를 더 원만

옮긴이의 말

하게 이루어낸다. 오히려 현실들과의 조우가 존재의 겹을 풍요롭게 한다고 말하는 것이 더 적절할 것이다. 바로 여기서 우리는 타부키의 문학세계가 존재론적인 물음을 품으면서 또한 윤리적 실천의 지평으로 나아갈 수 있었던 까닭을 알 수 있다. 존재론적인 물음이 깊을수록 윤리적 실천의 지평은 넓어진다. 그러나 타부키의 궁극적 목표가 윤리적 실천이라고 말하는 것은 아니다. 그에 못지않게, 혹은 더 중요하게, 사회역사적 맥락에 처한 개인의 존재론적 물음은 지적, 감상적 유희에 그치지 않으며, 오히려 깊이를 더할수록 더욱 근본적인 윤리의 지평으로 나아간다는 점을 이 소설은 보여준다.

2013년 3월
박상진

옮긴이의 말

지은이 안토니오 타부키Antonio Tabucchi

1943년 9월 24일 이탈리아 피사에서 태어났다. 포르투갈 시인 페르난두 페소아의 번역자이자 명망 있는 연구자이기도 하다. 『인도 야상곡』(1984), 『레퀴엠』(1992), 『페레이라가 주장하다』(1984)는 각각 알랭 코르노, 알랭 타네, 로베르토 파엔차 감독에 의해 동명의 영화로 제작되었다. 그의 작품들은 메디치 외국문학상, 장 모네 상, 아리스테이온 상 등 수많은 상을 휩쓸었다. 『이탈리아 광장』(1975)으로 문단에 데뷔해 『수평선 자락』(1986), 『사람들이 가득한 트렁크—페소아가 남긴 수고手稿』(1990), 『꿈의 꿈』(1992), 『페르난두 페소아의 마지막 사흘』(1994), 『다마세누 몬테이루의 잃어버린 머리』(1997), 『플라톤의 위염』(1998) 등 20여 작품들이 40개국 언어로 번역되어 사랑받고 있다. 2012년 3월 25일 예순여덟의 나이로 또다른 고향 포르투갈 리스본에서 암 투병중 눈을 감아, 고국 이탈리아에 묻혔다.

옮긴이 박상진

한국외국어대학교에서 이탈리아 문학을 전공하고 영국 옥스퍼드대에서 문학이론으로 박사학위를 받았다. 미국 하버드대에서 방문학자로 비교문학을 연구했다. 현재 부산외국어대학교에서 이탈리아 문학과 비교문학을 가르친다. 저서로 『이탈리아 문학사』, 『이탈리아 리얼리즘 문학비평 연구』, 『에코 기호학 비판—열림의 이론을 향하여』, 『열림의 이론과 실제—해석의 윤리와 실천의 지평』, 『지중해학—세계화 시대의 지중해 문명』, 『비동일화의 지평—문학의 보편성과 한국문학』, 『단테 신곡 연구—고전의 보편성과 타자의 감수성』 등이 있고, 역서로 『신곡』과 『데카메론』을 비롯하여 『보이지 않는 도시들』, 『아방가르드 예술론』, 『근대성의 종말』, 『대중문학론』, 『굿바이 미스터 사회주의』 등이 있으며, 엮은 책으로 『지중해, 문명의 바다를 가다』가 있다.

안토니오 타부키 선집 3
수평선 자락

초판 1쇄 인쇄 ¦ 2013년 3월 15일
초판 1쇄 발행 ¦ 2013년 3월 25일

지은이 ¦ 안토니오 타부키 　　　 기획 ¦ 고원효
옮긴이 ¦ 박상진 　　　 책임편집 ¦ 송지선
펴낸이 ¦ 강병선 　　　 편집 ¦ 허정은 김영옥 고원효
모니터링 ¦ 이희연
디자인 ¦ 슬기와 민
저작권 ¦ 한문숙 박혜연 김지영
마케팅 ¦ 신정민 서유경 정소영 강병주
온라인 마케팅 ¦ 김희숙 김상만 이원주 한수진
제작 ¦ 서동관 김애진 임현식
제작처 ¦ 영신사(인쇄) 경일제책(제본)

펴낸곳 ¦ (주)문학동네
출판등록 ¦ 1993년 10월 22일 제406-2003-000045호
주소 ¦ 413-756 경기도 파주시 문발동 파주출판도시 513-8
전자우편 ¦ editor@munhak.com
대표전화 ¦ 031-955-8888
팩스 ¦ 031-955-8855
문의전화 ¦ 031-955-8890(마케팅) / 031-955-2686(편집)
문학동네카페 ¦ http://cafe.naver.com/mhdn
홈페이지 ¦ www.munhak.com

ISBN 978-89-546-2091-8 04880
ISBN 978-89-546-2096-3(세트)

이 도서의 국립중앙도서관 출판시도서목록(CIP)은
e-CIP 홈페이지(http://www.nl.go.kr/ecip)와
국가자료공동목록시스템(http://www.nl.go.kr/kolisnet)에서
이용하실 수 있습니다.
(CIP 제어번호: CIP2013001482)

인문 서가에 꽂힌 작가들

문학과 철학의 경계를 허문 상상의 서가에서
인문 담론과 창작 실험을 매개한 작가들과의 만남

조르주 페렉 선집

어느 미술애호가의 방 ¦ 김호영 옮김
인생사용법 ¦ 김호영 옮김
잠자는 남자 ¦ 조재룡 옮김
겨울여행 & 어제여행 ¦ 김호영 옮김
생각하기/분류하기 ¦ 이충훈 옮김
공간의 종류들 ¦ 김호영 옮김
나는 기억한다 ¦ 조재룡 옮김
　　+
나는 기억한다, 훨씬 더 잘 나는 기억한다—
페렉을 위한 노트 ¦ 롤랑 브라쇠르 ¦ 김희진 옮김

레몽 루셀 선집

아프리카의 인상 ¦ 송진석 옮김
로쿠스 솔루스 ¦ 송진석 옮김

레몽 크노 선집

문체연습 ¦ 정혜용 옮김
푸른 꽃 ¦ 정혜용 옮김